東京／上手辭典。

張 維中

張維中作品集 RL6215
東京上手辭典

作　　者／張維中
責任編輯／林怡君
副總編輯／林秀梅
編輯總監／劉麗真
總 經 理／陳逸瑛
發 行 人／涂玉雲

東京上手辭典／張維中作．-- 初版．－ 臺北市：麥田，城邦文化出版：家庭傳媒城邦分公司發行，民 99. 07
面；　公分．－（張維中作品集；RL6215）
ISBN 978-986-12-0173-3（平裝）

855　　　　99011431

城邦讀書花園 www.cite.com.tw

出　　版／麥田出版
城邦文化事業股份有限公司
台北市104中山區民生東路二段141號5樓
電話：(02)25007696 傳真：(02)25001966
部落格：http://blog.pixnet.net/ryefield
發　　行／英屬蓋曼群島商家庭傳媒股份有限公司城邦分公司
台北市民生東路二段141號2樓
書虫客服服務專線：02-25007718・02-25007719
24小時傳真服務：02-25001990・02-25001991
服務時間：週一至週五09:30-12:00・13:30-17:00
郵撥帳號：19863813　戶名：書虫股份有限公司
讀者服務信箱E-mail：service@readingclub.com.tw
歡迎光臨城邦讀書花園 網址：www.cite.com.tw
香港發行所／城邦（香港）出版集團有限公司
香港灣仔駱克道193號東超商業中心1樓
電話：(852) 25086231　傳真：(852) 25789337
E-mail：hkcite@biznetvigator.com
馬新發行所／城邦（馬新）出版集團【Cite(M)Sdn. Bhd.(458372U)】
11, Jalan 30D/146, Desa Tasik, Sungai Besi, 57000 Kuala Lumpur, Malaysia.
電話：(603) 90563833　傳真：(603) 90562833

印　　刷／鴻友印前數位整合股份有限公司

□2010年（民99）7月15日 初版一刷　　Printed in Taiwan.

定價／260元

ISBN 978-986-12-0173-3

目次

あ　か　さ

【アイポッド】iPod：從 iPod 開始年輕。 9
【小浜】おばま：歐巴馬對歐巴馬。 17
【お花見】おはなみ：櫻花開前、來這裡。 23
【牛丼】ぎゅうどん：牛丼、與一個人。 29
【クリスマス】Christmas：東京聖誕節。 35
【携帯電話】けいたいでんわ：攜帶。 41
【欠食】けっしょく：朝食欠食。 47
【高円寺】こうえんじ：街道、就是他們的舞台。 53
【人身事故】じんしんじこ：人心事故。 61
【新宿駅】しんじゅくえき：送往迎來、新宿站。 67
【就職活動】しゅうしょくかつどう：就活。 73
【草食系男子】そうしょくけいだんし：草食系男子。 79

た

【たばこ】Tabaco：菸雨濛濛。 85
【デジカメ】digital camera：失焦的美感。 91
【東京ディズニーランド】Tokyo Disneyland：迪士尼、一場濃縮的旅行。 99
【東京タワー】とうきょうたわー：東京鐵塔。 107
【時計】とけい：默默的秒針。 113

な

【名前】なまえ：姓名・學。 119
【年末年始】ねんまつねんし：大打折扣。 127

は

【花火】はなび：遠花火。 135
【初詣】はつもうで：初詣的新希望。 141
【初出店】はつしゅってん：香水漫過冬日街。 147
【初雪】はつゆき：明天還會有雪嗎？ 155
【平成】へいせい：平成寶貝。 163
【弁当】べんとう：便當男子。 169
【ホワイトデー】White Day：逆轉巧克力。 175

わらやま

【真夏日】まなつび：夏日氣氣。 181
【村上春樹】むらかみはるき：麻煩您了！村上春樹。 187
【山手線】やまのてせん：東京的掌心。 195
【ゆず】YUZU：青春歲月。 201
【六本木】ろっぽんぎ：典範一座完美的城市。 209
【リーマンショック】Lehman Shock：不景氣列車。 217
【私】わたくし：跋——上手的貓。 225

とうきょうじょうずじてん【東京上手辭典】

iPod【アイポッド】

米国アップルコンピューター社（現アップル）が開発した携帯音楽プレーヤー。商標名。

——大辞泉

從 iPod 開始年輕。

向 MD 說掰掰！iPod 像是個分水嶺，改變了日本人三十年來聽音樂的習慣。

↑我的兩台仍在服役中的老機種。

農曆年時回台北一趟，有一天陪我媽去逛街，經過 iPod 的專櫃時，她忽然問我：

「我想再買一台小的 iPod。原來那台太大了，不方便帶出門。你覺得呢？」

我有點詫異我媽竟然想「再」買一台 iPod。剛度過六十五歲，開始享有捷運優惠票的她有一台 iPod。那是二〇〇三年第三代的款式，也就是圓輪上多了四個觸碰按鈕，操作時會發出淡淡的紅光。以後的 iPod 又取消了這四個按鈕，恢復成在圓輪上操控。那台 iPod 在她剛買來的時候，出遠門旅遊時還會帶著走，但自從接到房間的音響上以後，便不再對外露臉。

「好是好啊，不過，其實妳真的會帶著 iPod 出門的機會也不多吧？」

我給了她這中肯的答案。她想了想，回答我，「說得也是。我坐上捷運，一下子就睡著了。可能 iPod 都還沒拿出來呢！」

我媽六十歲以後開始學電腦和上網（並且是麥金塔系統），接著學會用 MSN。我到東京長居以後，她又學會用視訊跟我跨海聊天。

前陣子，她問我們，「什麼是部落格？你們有部落格嗎？」不久以後，我便收到一封電子郵件。她向她的兒女們喜孜孜地宣布，她開了部落格。我第一次上連到她的部落格時，就被她的豪氣給嚇到。我媽為她部落格取的名字，單槍直入地寫著「這是我的部落格」。看得出來很有一種畫地為王，宣布勝利的滋味。

我媽想要再買一台 iPod 這件事，讓我們這些做小孩的，再次對於她不被流行給淘汰的精神感到非常佩服。結論是希望我們到了這個年紀時，也能像她一樣，保有對這世界旺盛的好奇和學習力。

話說回來，當年我媽也是因為看見我的 iPod 而決定買一台的。至於我的第一台 iPod 則是非常古董級的第二代款式。

二〇〇一年十一月蘋果發售了第一代 iPod，不到一年後第二代 iPod 問世時我就買了。那時候我周遭的朋友，還沒有人知道這玩意兒是什麼。

這個席捲全球的產品，影響最大的除了美國的蘋果公司以外，應該就是日本。

一九七九年 SONY 推出第一台隨身型攜帶音響，創造了原本在英文字典裡沒有的單字 WALKMAN，中文翻譯為隨身聽。一時之間，隨身聽引領風騷的程度，就像現在的 iPod 一樣，誰擁有了一台 SONY 或愛華這兩個品牌的隨身聽，就覺得走在流行的尖端。而可別忘記，那時候隨身聽裡放的還是錄音帶這種東西呢。

後來 CD 普及了，隨身聽裡裝的也從卡式錄音帶變成 CD 唱片。

不過，日本因為消費人口龐大又是電器王國，經常喜歡發展出一些流通於國內，跟國外不相容的電器規格。於是，隨身聽也發展出一套不同於其他國家的系統，叫做 MD 隨身聽。透過 MD 音響將 CD 或錄音帶的音樂轉錄到 MD 片上，就能帶著自己想要聽的音樂走。

誰也沒想到有一天 iPod 的出現，竟然會將日本引領全球，又獨自一格的隨身聽江山給徹底打垮。

這對日本人來說是一大震撼。要知道日本人可是相當愛用國貨的。向來只有日本電器能左右全球，鮮少有外來的品牌能打入日本市場。

當年流行一句口號是「向 MD 說掰掰」。iPod 像是個分水嶺，改變了日本人三十年來聽音樂的習慣。

我的日本朋友每個人都至少有一台 iPod。我跟他們聊過這個話題，其中一個人說了個一針見血的結論：「SONY 的時代已經結束啦。」

確實，雖然這些年 SONY 仍努力研發新一代的數位隨身聽，功能或外型其實也不比 iPod 差，但買氣始終不見起色。

就在 iPod 於日本熱賣以後，日本的電視台忽然推出了一個專題，報導了 iPod 其實仍流動著日本的血液。

原來 iPod 在最初設計時，機身後面閃亮亮的銀色鏡面，竟是出自於日本新潟縣燕市的鏡面加工廠。

據說蘋果最初尋找了很多加工廠，希望能做出期望的鏡面感，但都事與願違。直到最後，找到日本新潟縣這間專門從事手工金屬研磨的「技磨き屋」以後，才滿意地將 iPod 交由他們來開發外裝的鏡面加工處理。

在日本人的眼中，這些工廠裡從事研磨作業的職人，為冷冰冰的 iPod 增添了一些手感的溫度，同時也忽然像是獲得了某種安慰似的，發現其實 iPod 也不完全是個「外來品」。

從台北回東京之後，我收到大學同學怡如寄來的電子郵件。她是個女生，結婚前總愛一個人去國外流浪，結婚後每天忙碌於加班跟帶小孩。她在信裡裡寫著，拜消費券之賜，她終於買了人生中第一台 iPod。

「終於我開始用這年輕人的玩意。」她自嘲中帶點感慨，說：「逐漸我的生活脫離年輕，愈來愈接近老太婆的領域。」

我回了信告訴她，我媽她還想再買一台新的iPod呢，所以，大家都不老。

妳現在才買了第一台iPod，所謂人生啊，才剛開始哩。

あ

おばま【小浜】

福井県西部の市。もと酒井氏の城下町。小浜湾に面し、中世以来港町として発展。漁業が盛ん。若狭塗の産地。遠敷川の流域には奈良東大寺のお水取りの水を送る神事で知られる鵜の瀬がある。人口3.4万。

——大辞泉

歐巴馬對歐巴馬。

人都是現實的，在日本你要是不帥氣的話，想得人氣，就只好走超級搞笑路線了。

↑在神奈川縣的橫須賀美軍基地。

美國和日本的關係雖然唇齒相依，但真正非常在意歐巴馬當選後對日本影響的人，恐怕還是集中在少數的政治相關人士而已。日本的一般民眾，相較於台灣人來說，對於政治是很冷淡的。即便像是東京這種跟紐約並列國際大都會的城市，國際新聞的情報接收幅度遠遠高於台北，但日本民眾對於歐巴馬的關注，基本上還是建立在茶餘飯後的娛樂性質上。

日本人怎麼八卦日本皇室，就將怎麼八卦歐巴馬。因此，像是歐巴馬的兩個女兒，最近在新學期上學時，沿路被媒體跟拍的八卦行徑，以及進了校園以後被同學用手機不斷偷拍，導致學校宣布學生禁止在校使用手機的新聞，都比歐巴馬到底端出什麼菜會影響日本，占據更大的報導篇幅。前陣子，歐巴馬流出一張裸露上半身的照片，當然也成為媒體討論的話題。連女主播在報導這則新聞時，言談之中都可以感受到其禁不住對歐巴馬健美身材的讚賞。

日本人「關心」歐巴馬的程度還影響了電視節目。綜藝節目裡開始出現了像是台灣全民最大黨裡的模仿秀。模仿歐巴馬的搞笑藝人通告滿滿，只不過模仿僅止於外型跟動作，說話內容還是與政治無關。

歐巴馬競選期間，最出名的口號是「Change」這單字。影響所及，日本富士電視台以日本首相競選為題材，請來木村拓哉主演的月九強檔日劇，乾脆就直接用「Change」作為劇名。雖然故事跟美國總統競選沒關係，但多少反應了歐巴馬對日本媒體的影響。

歐巴馬特別得黑人緣與女人緣這是可以理解的。而在日本，有些女人本來就對美國黑人是情有獨鍾的，因此就更加厚愛歐巴馬了。關於有些日本女人喜歡黑人的故事，這在日本暢銷女作家山田詠美早年的小說裡常有描述。至於理由是什麼？若真要認真追溯典故，恐怕可以從江戶時代開始探討黑色與性愛或力道的連結。那又是另外一個龐大的故事了。當然，歐巴馬在外型上是個「帥氣的」混血黑人這點還是很重要的。畢竟人都是現實的，在日本你要是不帥氣的話，想得人氣，就只好走超級搞笑路線了。

福井縣有一個名為小浜市的地方，其日文「小浜」的發音（Obama）跟歐巴馬發音相同，於是，在美國總統競選期間，小浜市觀光協會的成員突發奇想，決定成立歐巴馬日本後援會。同樣的，長崎縣雲仙市小浜町的小浜溫泉亦如法炮製，同樣加入歐巴馬後援的活動。當然，這兩個隔了一片太平洋，跟美國本土八竿子打不著的日本後援會，與競選活動是一點關係都沒有的。

不過，這個以觀光為考量的點子，當時讓許多原本對小浜市不怎麼熟悉的民眾，因為新聞效應的關係，一時之間全都認識了小浜市。小浜市從上到下，政府官員到市井小民全都非常入戲地投入了這場「後援」活動。整座城市到處掛滿應援海報，還賣起相關產品來，為這個原本默默無名的小鎮增加了不少實質收入。

因為這些日本人實在是過於熱情，終於引起美國本土和世界各大媒體的報導。二〇〇八年三月五日的一場後援活動，CNN 還派了八名採訪部隊前來小浜市，向美國現場連線直播活動狀況。

歐巴馬當選以後，日本首相致電恭賀，向歐巴馬提到小浜市時，歐巴馬說：「我知道這件事情，有機會很想去小浜市拜訪。」這回應激勵了後援歐巴馬的小浜市。小浜市的松崎晃治市長，因此打算送上小浜市的名物，一只印有七福神的「若狹塗」漆器與竹筷，想連同親筆信送給歐巴馬當作當選賀禮。用心之深，甚至還考慮到美國與日本的氣候差異，特地在漆器上做了加工處理。

可惜，歐巴馬當選後，選舉辦公室就關閉了，一時之間本來要郵寄到選舉辦公室的禮物也找不到管道。

小浜市松崎市長在晉見日本首相麻生時，乾脆把這禮物帶著，拜託日本首相充當「宅配」快遞員，在參加歐巴馬就職典禮時，帶去美國親手交給他。歐巴馬就職典禮當天，小浜市也會舉辦盛大的慶典。

看來歐巴馬真得好好幹才行了。否則，不見起色的不只是美國經濟，還會繼續擴散世界金融風暴，以及，拖垮一個與他毫不相干的日本小鎮的觀光事業。

おはなみ【お花見】

花、特に桜の花を眺めて楽しむこと。

——大辞泉

櫻花開前，來這裡。

花開花謝，人往人來，

一場花宴結束了，無論你願不願意，

櫻花下，總將有另一場新的宴席要來。

↑東京中目黑。

日本四季分明，因季節迴異而衍生出來的周邊產品、活動與廣告也分割得非常清楚。這些或可稱之為季節限定產品的一切，展現了日本人性格中的集團意識，非常有紀律地集體進出，絕不脱隊。

比如十二月跟一月的時候，在全東京所聽所聞的盡是聖誕節和新年的事情。新年一過，全城就充滿了房屋仲介的廣告。因為四月是新生開學和公司新進職員入社的日子，東京將會收納一大批外地人進來，大家都得找落腳之處。房子的資訊接收到了，接近二月底，那些租賃廣告就全部銷聲匿跡了。取而代之的是辦新手機、採購新生活家電的資訊。

三月初，接近月底櫻花開的時節，從商場、車站、網站、雜誌到電視，倏地又瀰漫起了櫻花氛圍。去哪裡賞花呢？買些什麼應景的櫻花製品嗎？凡是能扯到櫻花的商家都當仁不讓，畢竟一年就這麼一次的搶錢機會哪。而這時候，街道上那些真正的櫻花，其實都還沒個影呢。

我不免俗地也會買些櫻花產品。最喜歡的一樣東西是無印良品的入浴劑。跟其他櫻花限定商品相同，櫻花入浴劑也只有在這段期間才能買得到。粉紅色的櫻花添加進牛奶，泡澡的時候不只身心舒暢了，整個房間也會盈滿濃郁的香氣。

但其實這些香氣都是加工品來的。事實上櫻花本身實在聞不出什麼特別的味道。就像是市面上號稱櫻花口味的食物，其實大多是跟其他東西一起醃製的產品，不然就是混合了其他口味的調製物。不這樣的話，實在很難說櫻花本身會是個好吃的東西。反正產品裡撒幾片櫻花進去，也算意思到了。

日本人是看天氣過日子的。對日本人來說，雖然也重視跨年，但心情上真正新的一年的開始，是從四月。

四月是日本學制的新學期，應屆畢業生也將展開職場的新生活。就算不屬於這個族群的人，也會被整個環境給感染，覺得應該在這季節裡好好整理一番自己的生活。總之，在櫻花盛開與落下之際，許多事物都有了汰舊換新的況味。

日本人稱賞櫻花為「花見」。這名詞最早是從中國傳至奈良時代（西元七一〇年—七九四年）而來的。起初只是貴族之間的行事，而且，看的不是櫻花，而是梅花。在那時代的《萬葉集》當中，詠嘆梅花的有一百首，詠櫻的只有四十首而已。直到平安時代（西元七九四年—一一九二年）的《古今和歌集》裡才讀見人們轉而賞櫻的記述。

接著，在世界上最早的長篇小說《源氏物語》（西元一〇〇一年）中記載了天皇開始舉辦慶典，將賞櫻變成一件例行的活動。這便是「花宴」的起源。從此，花見也好花宴也好，花，指的就是櫻花，不會是別的。日本人如何獨厚櫻花，由此可知。

跟花見這名詞始終緊緊相連的，正是花宴。自古流傳下來，現在的日本人仍保有花宴的習慣。家族、朋友和企業，大家習慣帶著野餐布，選一個公園再挑一棵櫻花樹，然後在樹下席地而坐。既然是全民運動，場面自然是人山人海，很是壯觀。

我喜歡穿梭在花宴之間。賞花是一回事，更有趣的是賞人。櫻花樹下什麼樣的人都有。有安靜看書的；有深深沉睡的（各種詭譎的姿勢都有）；有帶著樂器來彈奏的；有優雅吃著「花見便當」的；也有把公園當成自己家，把零食給散亂一地的；有跟朋友忘情喧譁的；也有跟同事喝酒喝到滿臉通紅的人。

二〇〇八年剛來東京時，第一次完整地經歷了日本的櫻花季。一轉眼，櫻花季節又到，意味著在這裡的生活已過一年。

在原來的小鎮住了一年以後，這陣子準備搬家到另外一個地方。好不容易費了一番勁，終於決定下新的公寓。

那裡有一座，比現在住的地方更大的公園。那天去看房子時，穿過陽光當好的公園，看著那些茂密的綠樹，我在想，說不定等到櫻花季節一到，這些綠樹也都會變身成隨風飄落的櫻花樹。

然而現在是不知道的。或許，也不必急著知道。反正就像是未來的每一個日子，時候到了，自然就會開成該有的模樣吧。

準備展開新生活的我，在櫻花開前，來到了這裡。人際關係因為進修環境的轉換，也即將重新洗牌。

花開花謝，人往人來，一場花宴結束了，無論你願不願意，櫻花下，總將有另一場新的宴席要來。

ぎゅうどん【牛丼】

ネギなどと煮た牛肉を、汁とともにかけたどんぶり飯。「牛飯」に同じ。

——大辞林

牛丼，與一個人。

一瞬之間，我好奇這些人，會不會是我隔壁的住戶？畢竟住了這麼久，我根本沒見過這一棟公寓裡其他人的長相。

↑照顧出外人的牛丼店。

か

我家附近有一棟大樓，自從一樓的公司撤走以後，原本是用來做辦公室的偌大空間就一直空著，直到前陣子終於開始有了動靜。原來想大約還是新的公司行號會進駐吧，不過，幾天之後瞥見正在裝潢的模樣，發現應該是要開間餐廳的。這突然激起我的興致來。公司行號與我無關，但既然是吃的，可就與我脣齒相依了。

到底會開什麼店呢？我每天經過外頭時都很努力從裝潢進度來歸納線索。前天覺得是咖啡館；昨天懷疑是披薩店；今天又覺得像速食店。嗯，還是迴轉壽司店呢？有時候甚至忍不住駐足，偷看一下工程車搬運下來的建材，會不會標示店家的名字。偶爾發現身旁多了一兩位老先生、老太太，他們一看就是這附近的居民，恐怕比我更關心這小鎮有什麼新的變化。

答案終於在招牌掛上的那一天揭曉了。是松屋，跟吉野家一樣的牛丼飯連鎖店。唉，實在不是什麼特別的店哪。不過，對我們這個區域來說，這間松屋的開幕，可是很大的衝擊呢。在日本每一個車站前，通常都會同時有吉野家和松屋這兩間店，不過我住的地方多年來卻只有吉野家而已。因此，松屋一開幕以後，可說是正式結束了一黨獨大的時代。

松屋和吉野家式的牛丼店，在日本還有很多其他的品牌。這些牛丼店共通的特色是用餐空間都不大，幾乎全是以一個「ㄇ」字形的吧台式座位，讓所有客人圍著中間的店員工作區櫛比鱗次地坐著。這和吉野家在台灣速食店式的用餐空間完全不同。所以，想要悠閒地坐著邊吃邊聊的話，是絕對不可能去吃牛丼的。大部分走進松屋或吉野家的，都是一個人。而且多半是只想餵飽肚子，趕緊吃一吃就準備離開的男人。因為座位狹窄的關係，和鄰座的人距離太靠近，一般的上班族年輕小姐是不會想踏進來的。

奇妙的是，我家附近的吉野家和松屋卻很特立獨行。這裡的吉野家，座位的排列方式像是台灣。點餐時不在櫃台，而如同一般餐館由店員上前來點餐。菜單也不同。別的吉野家沒見到的咖哩飯，我們這裡竟有賣。一旁新開張的松屋也不落人後，座位的排列方式除了有著跟其他松屋一樣的「ㄇ」字形位子以外，同時也增設客人能夠對坐的四人座。座位排列方式的改變，讓客層產生了變化。女性客人踏進來了；一家人吃牛丼飯的畫面也出現了。這裡的松屋和吉野家，有了不那麼「宅」的新鮮形象。

か

吉野家跟松屋有兩個最大的差別。首先是味噌湯。吉野家的味噌湯要錢；松屋的則是免費。另外，是點餐和付款方式的不同。吉野家向店員直接點餐，吃完後拿著帳單到收銀台付款；松屋則是在走進店裡時，就在票券機前決定並且投幣付款，然後把食券放到桌上，讓店員拿取後開始料理你的餐點。從走進店裡到離開，你不需要講任何一句話。當然也沒有人能從你的口音，得知你來自何方。食券機給了這城市裡擁擠的人們，一種自閉卻安心的距離。沒必要的人際關係，盡可能的減少，麻煩自然也就會少。

然而，確實有那種不想講話的時候吧（坦白說我也會有），就連進餐廳開口點菜都覺得麻煩的日本人必然不少。村上春樹就是其中一個。他想吃壽司時常會去吃迴轉壽司。倒不是因為比較好吃，只是因為不必開口點菜，想吃什麼自己拿，省得麻煩。

牛丼店的存在其實是拯救了像我這樣從外地而來，落在異鄉大城市中的獨居男性。不下廚，厭倦了便利商店的便當，想吃點現作的卻不想吃漢堡，同時餐費又希望控制在日幣五百元以下時，大概最後就是走進了牛丼店。

有時候，放假時我一整天都沒出門，也沒有跟任何人電話聯絡。只有在電腦螢幕上MSN的朋友們一個個相繼跳出來，寒暄問候，彷彿有一種彼此仍在同一個城市裡的錯覺。可是，MSN畢竟不可能送來一個立體的人。

松屋開幕的那天夜裡，我決定去聊表捧場之意。走進店裡時，恰好一個老太太準備離開。就在她要踏出店門之際，廚房裡所有的店員忽然探出頭來，喊出好大聲的「謝謝惠顧！請再次光臨！」

老實說我被嚇了一跳，不是因為音量，而是這句話喊得太誠懇了一點。是因為第一天營業的關係吧。老太太顯然也感到意外了。她突然停下腳步，緩緩地翻過身子來，微笑著，跟店員微微地鞠躬。這是在誰也與誰無關的牛丼店裡，我從未見過的景象。

看著店裡零星的幾個客人，一瞬之間，我好奇這些人，會不會是我隔壁的住戶？畢竟住了這麼久，我根本沒見過這一棟公寓裡其他人的長相。我揀了個位子入座，把食券遞給了店員。就在喝起冰水來時，才突然意識到，我連今天開口講出第一句話的機會也沒有了。

Christmas【クリスマス】

十二月二十五日に行われる。多くの民族の間にみられた、太陽の再生を祝う冬至の祭りと融合したものといわれる。聖誕祭。降誕祭。

——大辞泉

東京聖誕節。

我的東京聖誕節，最閃亮的一角，也許是在我的心裡。那一定比街上的燈飾閃爍得更為恆久也更加耀眼。

↑聖誕夜那天，電影院廁所的
指標也戴上了小小的聖誕帽。

那天從新宿車站南台地的出口一出來時，我突然驚覺到聖誕節就要來了。平常在夜裡黯淡無光的行道樹，再次發亮起來。因為實在是太閃爍了，令我感覺它們透露出悶了一年終於揚眉吐氣的傲氣。想來也是啊，所有途經的人都忍不住放慢腳步，拿出手機為它們拍下幾張照片來呢。而那些披掛在樹上的燈飾，不只使它們成為焦點，也讓周遭的廣場因此蓬華生輝起來。

東京這城市總是被各種節慶的劇本給提醒著。每到了某個節慶到來之際，整個舞台就會換成非常到味的場景。然後，節日一過的第二天，所有的布景就神奇地消失了。城市的舞台，會開始依照劇本的下一個場次需求來架設新場景。

聖誕節也是這樣的。十月底的時候，整個東京全是滿坑滿谷的南瓜製品，萬聖節一過，南瓜全部變成了聖誕樹。我常想，要是外星人偷偷探訪東京，摸不著頭緒，回去寫地球探訪報告時，恐怕會誤以為南瓜是從聖誕樹結實而來的。

就像是從小田急飯店連結到高島屋百貨的新宿站南台地，總會在聖誕節前後架設出燈飾一樣，東京都內的許多商場，每到了聖誕時也都會蔓延起一片熠熠發亮的燈海。

か

東京都內比較具有規模的幾個點燈據點，除了新宿南台地以外，還有五十年來人氣不墜的東京鐵塔、東京車站周圍（丸之內）、台場海濱公園、六本木之丘、惠比壽廣場、以及會施放冬季煙火的昭和紀念公園等地。東京以外的城市，也都各有自己的點燈活動，特別是靠港灣的城市如橫濱，或足以飄起大雪真的變成白色聖誕的北海道札幌，都有迥異於東京的點燈氣勢。這些燈飾的「賞味期限」大約從十一月中旬開始到十二月二十五日為止。有些地方會在聖誕節之後減少燈飾，然後留下部分燈光到跨年過後為止。

喜歡玩樂氣氛的東京年輕人，似乎比台北人幸運一點，那就是這裡有一座迪士尼樂園。想要過一個很派對感並且好夢幻的聖誕節的話，有什麼會比去迪士尼更適合的呢？聖誕節的迪士尼樂園推出很多應景活動，兩天一夜的住宿行程，每一年都很受到東京年輕人的歡迎，特別是童心未泯的情侶們。

在還沒有旅居日本以前，總從日劇裡想像東京應該是一個聖誕節氣氛濃郁而浪漫的城市。如果在全世界選擇幾個最想過聖誕節的地方的話，美國是紐約，歐洲是巴黎，那麼亞洲就該是東京了。可是，真的住到東京，徹頭徹尾歷經了聖誕節以後，卻意外發覺原來東京人並沒有想像中那麼狂愛聖誕節。比如，比起聖誕卡片來說，日本人更在乎的是新年明信片「年賀狀」。在台北的書店裡每到十二月總有的聖誕卡暨年曆展，在日本反而是年賀狀暨年曆展的賣場更為盛大。

當然，聖誕節氣氛仍是洋溢著的。商場裡依然有應景的聖誕商品，空氣中流瀉著撫慰人心的聖誕歌曲，百貨櫥窗仍有精彩的聖誕裝飾，在寒冷的夜裡閃爍著，充滿溫暖的光輝。不過，那真的就像是舞台上刻意搭建出來的布景而已。舞台上來往的東京人，似乎仍抱著自己的劇本走位，並不完全都想配合演出。

我認識的大多數日本朋友，就像是新聞民調的結果一樣，聖誕節不會想特別安排活動。想像中這種國際大都會裡的人們都會在聖誕節狂歡一番的，結果66%的東京人只想在家悠閒度過。頂多就是和戀人或朋友去吃個飯而已，但也不會特別花額外的錢吃聖誕大餐。

我的朋友東東從京都發信問我們幾個好朋友，今年的聖誕和跨年安排好了什麼活動嗎？我的記憶突然回到了前一年的聖誕夜。那是我第一次在東京度過聖誕節。我們幾個人在有樂町的丸井百貨美食街，找了間挺普通的義大利麵店吃飯，然後還在攝氏九度的低溫中吃冰，以冷攻冷。那時候，大家還在同一個領域裡生活著，今年的彼此已散落在了各地。

幾個星期前，我經過那間冰店時，發現店面被隔壁的甜甜圈店給頂下來了。雖然什麼也沒了，可是我好像還能聽到那個晚上，大家在店門口情緒高昂，一邊吃冰，一邊狂笑著討論的那些話題。

我的東京聖誕節，最閃亮的一角，也許是在我的心裡。那一定比街上的燈飾閃爍得更為恆久也更加耀眼。

けいたいでんわ【携帯電話】

無線を用いて長距離通信のできる小型の移動電話。通話以外に、電子メールの送受信、インターネット接続、デジタルカメラ内蔵、ワンセグ内蔵など種々の機能を持つ。「ケータイ」と書くことが多い。

——大辞泉

。

攜帶。

這城市有許多規則和紀律，又有許多無法言詮的事。曖昧、微妙，像每個晴朗的東京夕陽，天空中渲染的那種色澤。

↑競爭激烈的日本手機廣告。

か

住在東京，總是要抵擋許多的誘惑。比如說手機，就是其中一個。日本手機款式汰換的速度，恐怕比服裝換季還快。種類繁多，功能新穎，更重要的是，外觀設計總能夠像是個現代藝術品。

很多人心儀日式手機，大約都跟我一樣，是從日劇裡開始的。每當日劇主角開始操作手機時，鏡頭就會拉近打電話的模樣，或者特寫傳收信息的手機螢幕。他們的手機總是很美，而且最新。這其實是每齣日劇都有獨家贊助的手機廠商。日劇是邊拍邊播的，拍攝的時間點距離播出日期不會離得太久。所以，日劇裡的置入性行銷也特別有效。因為你看到瑛太這星期穿的衣服；木村拓哉上星期用的手機，這個星期就會上市。你馬上可以擁有。只要，你有錢。

因此，事到如今，不可能有一齣日劇裡是不出現手機的。我曾經寫過偶像劇劇本時，導演告誡，「不要常下雨。因為每出一次水車，就要兩萬元。」或是「不要讓主角用到這家廠牌的東西，因為他們不贊助。」之類的。因此我在想，在日本寫偶像劇的編劇，勢必也必須不斷考量到每一集，手機應該出現多少次。這肯定會改變兩個人明明可以見面，但卻硬得改用手機的橋段。沒辦法，因為手機用得太少，贊助商會不開心，不開心就抽掉廣告了。

日本稱手機為攜帶電話，一般人大多簡稱為「攜帶」這兩個字。寫的時候不常寫漢字，只寫成用片假名發音的「ケータイ」。當你說攜帶的時候，不會有人認為你是攜帶傘啊電腦啊隨身聽啊，一定就是指攜帶電話。生活反應出語言的演變和習慣。因此，手機對日本人來說，確實就是要隨身攜帶的。無論如何，絕對不能忘記，比護身符還要切身相關。切身到什麼地步呢？前陣子發生一起火災死亡事件。死者是一名高中男生。他其實已經跟家人逃出火場了，卻在出來以後想起「忘了拿手機」於是竟衝回火場，最後不幸葬生火窟。另外也曾發生過有人在月台上邊走邊傳手機郵件，一不小心摔落到鐵軌，被正好急駛而來的電車碾死的意外。

台灣人愛用 MSN，日本人不愛用 MSN，只愛傳手機郵件。我們所謂的傳手機簡訊，在日本就是傳手機郵件。手機郵件跟電腦 email 是同樣的東西，只不過媒介換成手機。日本教育部做過一項調查顯示，光是高中、中學和小學生，每天收發的手機郵件數量就多到驚人。平均每天都會收發三十封以上。超過五十封的，中學跟高中生分別有 19.5% 和 13.9%，而小學生竟然也有 2.4%。這讓許多地方政府和學校，開始宣布禁止中小學生帶手機到學校，或限定使用的時間與場合條件。因為學生確實都把看書的時間，拿來上網或傳郵件了。

養成大家愛傳郵件的原因之一，也是因為有很多地方是禁止通話的。像是在電車裡講電話，就會被視為非常沒禮貌的舉動。所以，搭車時若要和外界聯繫，只能傳郵件。我也入境隨俗，從不在電車裡講電話。恰好有來電的話，會以郵件回覆，告知正在搭電車。

然而，對很多不熟悉日本文化的西方人來說，他們始終無法理解，為什麼不能在電車裡講電話。「因為你講電話，會干擾到其他的乘客。」日本人被外國人問起時，總會這麼回答。「可是，為什麼跟身旁的朋友聊天就可以呢？」當外國人再這麼追問時，日本人就會沉默了。

對啊，為什麼呢？電車裡要求使用手機靜音模式，用郵件替代通話，但如果是怕吵到別人，那麼聊天就不會嗎？

我曾經聽過日本人的某種說法是，「你看見兩個人聊天，因為聽得到內容又看得見表情，所以覺得自然。不過，看見一個人講手機，卻很難知道他到底在笑什麼、在激動什麼。是這種感覺，讓人不舒服，沒安全感。」

嗯，果然這回答也還是很日本呢。如此曖昧，如此微妙。

然而，對我而言，這也就是東京的魅力之一了。

這城市看似總有許多規則和紀律，彷彿大家也都這麼遵守著，不過在架構的縫隙之中，又有許多無法言詮的事。

曖昧、微妙，像每個晴朗的東京夕陽，天空中渲染的那種色澤。

你明明能辨識出它的層次，卻難以用 CMYK 去模擬出不失真的色調。

けっしょく【欠食】

食事をとらないこと。また、貧困などのために食事がとれないこと。

——大辞林

朝食欠食。

台灣隨處可見的早餐店，便宜、迅速，要吃什麼就有什麼。這種亂中有序、混雜共生，並且彈性極大的早餐店，我覺得就是台灣精神。

↑吃早餐是件很搖滾的事。

在東京生活每一天的起床時間，都比在台北來得早。每天不到七點起床以後就吃早餐，在擁擠的電車中突破重圍抵達目的地以後，體力已經消耗大半，大約十點半左右，我就會開始感到飢餓上身。

一開始我加重早餐的份量，可是天氣一冷，又抵消掉了多吃的熱量，情況還是沒怎麼改變。到最後，我只好帶著營養餅乾之類的零嘴在背包裡，在距離午餐還有一段時間之前，稍微抑制一下饑腸轆轆的窘態。

因此，我很難想像不吃早餐的人。對我來說，沒吃早餐好像等於手機前一晚忘了充電就帶出門一樣，稍微打通久一點的電話，就投降了。

日本人用「欠食」這個名詞，來指沒吃正餐的狀況。厚生勞働省曾做了一項「欠食率」的調查，結果顯示三十歲世代的男性跟二十歲世代的女性，是所有年齡層當中欠食率最高的。這兩個年齡層的人不吃早餐，原因自然是跟日本上班族忙碌的狀況息息相關。因為生活緊張，時間不夠，早餐就省略了。

台灣人似乎還滿習慣早上去上班時，在公司巷口買個美而美之類的，然後拎著進公司，一邊開電腦收信，一邊吃早餐。

習慣吃早餐的日本人，多半會在家裡吃完才出門。不過，近來這狀況有些改變。愈來愈多人開始到外頭吃早餐，或者，像是台灣的上班族一樣，把早餐帶進辦公桌前吃。這一激增的族群，日本媒體稱為「外朝族」或「席朝族」。

外朝族特別指的是不在家也不在辦公室，而是在外面餐廳吃早餐的人。尤其是車站裡的食堂。很多人在車站裡解決早餐時，選擇的是咖哩飯。起初我覺得，一大早就吃口味那麼重的東西，好像怪怪的，但是後來想到其實台灣人也會把米粉湯或虱目魚湯當早餐，就覺得咖哩根本不夠看。

至於席朝族，就是把早餐帶到辦公室吃的人了。他們的說法是，如果要在一時一地特別去進行吃早餐這項行為，實在是太浪費時間了。所以，準時進辦公室，一邊吃早餐的同時也完成收信甚至回信，是善用時間的效率展現。

不過這畢竟是員工的說法。我懷疑有多少日本公司，會允許員工利用上班時間吃早餐？說利用時間是沒錯，但利用的是公司的時間，然後把多出來的時間在家裡多睡一點，再晚幾分鐘出門。

我可也是當過上班族的，很清楚邊吃早餐邊開始一天的工作，怎麼樣也不可能多有效率。但我有朋友聽我這麼說，很不服氣。他們說，把早餐帶進公司吃確實是很利用時間的。因為，老闆不願意更新電腦設備，以致於每天早上開個機到開始能夠自由運作，就得花上十幾分鐘。

「你說說看，這時候不吃早餐要幹嘛？沒電腦，什麼事都不能做啊！」真是個好理由。老闆一想到更換公司的電腦，再加上裡面的正版軟體，得花出驚人的錢時，就還是繼續讓員工有早餐時間的福利了。

話說回來，日本的早餐實在很單調乏味。日本人的早餐分為和食跟洋食兩種。和食就是御飯糰、稀飯、米飯配上煎鮭魚和一些小菜；洋食則是麵包、牛奶或麥當勞漢堡這類的。吃和食的算是比較傳統的，多半是因為家裡有老婆會料理，你只要負責吃就好。所以，大部分的年輕人還是在便利商店買個麵包或冷冰冰的御飯糰當早餐。當然，咖哩飯這種我覺得根本是來亂的，就不說了。

早餐吃了一年的麵包，不由得讚賞台灣的早餐真的豐富多元。尤其是台灣隨處可見的美而美這類型的「台式洋風」早餐店。便宜、迅速，而且經常菜單是中西合璧的，幾乎是你要吃什麼就有什麼。

這種亂中有序、混雜共生，並且彈性極大的早餐店，我覺得就是台灣精神。

曾有歐洲的醫學研究者，針對不吃早餐做過一項有關於男女兩性之間的實驗。

結果顯示，男生不吃早餐的影響遠比女生來得大。同樣都沒吃早餐，男生的情緒比較容易不穩定，同時記憶力的表現也會比女生來得差。

所以，想當個好男兒的各位，就從早餐不欠食開始吧。

こうえんじ【高円寺】

東京都杉並区にある曹洞宗の寺院の名「宿鳳山高円寺」に由来する同寺周辺の地名である。

——フリー百科事典『ウィキペディア』

街道，就是他們的舞台。

那一場不知名的演出，帶給廚師的喜悅，將會從他的鍋鏟與料理之中，傳遞給這一晚上門的客人。

↑伊東豐雄設計的「座。高圓寺」

東京的高圓寺對於很多人來說，應該是個相當陌生的地名。就連喜歡到東京旅遊的台灣人，聽過或者到訪過這地方的人，恐怕也是鳳毛麟角。

最近有些人對高圓寺忽然間有了點印象。這印象的連結點，來自於村上春樹出版的百萬暢銷小說《1Q84》。在小說的第二部尾聲和第三部當中，高圓寺是重要的故事場景。這個讓女主角青豆和男主角天吾藏身又錯身之處，以及虛實難辨的小公園遊樂場，在村上春樹的筆下，大約就跟故事裡出現兩個月亮的夜空一般，如此實際卻又迷離。

高圓寺位於東京電車路線的中央線上。中央線因為貫穿山手線，電車運行時間長，轉車也方便，沿線的地區一直是居住首選。

東京杉並區內二、三十歲的世代，幾乎全都集中在高圓寺一帶。因為如此，高圓寺始終帶著一點喧囂雜沓卻生氣勃發的青春氣息。

戶數密集的住宅區和櫛比鱗次的狹長商店街裡，匯聚著從各個地方上京居住的單身人口。每一個與你錯身的魂靈，都帶著一抹未知的故事而來。

在這多元化的生活屬性之中，高圓寺飽滿了可能性。好像隨時都隱藏著即將被擴大的祕密。高圓寺因此，確實有著那麼一點實際卻又迷離的況味。
然而，高圓寺並不是因為《1Q84》才瀰漫起文藝氣息的。
早在半個世紀以前，高圓寺就已經開始奠定其藝術文化的地域根基。

每年夏天，在高圓寺舉辦的「東京高圓寺阿波踊祭」慶典，號稱是東京三大夏日祭典之一，在二〇一〇年八月即將邁入第五十四回。
所謂的「阿波踊」簡單來說，指的是一種日本夏季慶典，以傳統的特定舞蹈的型式來呈現。
高圓寺阿波踊最初約在一九五〇年代開始，最初只是高圓寺的區域性慶典，參與的人也僅限於當地居民。如今，從當初參與的兩千人，到現在超越社區性而成為全國三大「盆踊祭」的高圓寺阿波踊祭，每年可以動員將近一百二十萬人次參觀。
高圓寺阿波踊祭，成功凝聚著居民對於社區認同的向心力。它不只成為高圓寺無形卻鮮明的文化產物，也成功向全國推銷了這地域的生命力。上百萬的觀光人次，從高圓寺吸收了豐盛的藝術養分，也為杉並區帶進雄厚的消費力。

杉並區的高圓寺深知文化藝術活動，雖然能為社區帶來實質的經濟影響，但是，想要將這股力量延續下去，最終仍必須回到藝術的擴張與傳承。因此，杉並區立杉並藝術會館的成立，可說是期望為這一地域的藝術文化活動，找到一個如同旋轉陀螺的軸心點。

杉並區立杉並藝術會館俗稱「座。高圓寺」，在二〇〇九年五月開館，由建築設計家伊東豐雄操刀，打造出內外獨具的建築。館內共分成小劇場型式的「座。高圓寺1」、禮堂型式的「座。高圓寺2」、以及培育暨傳承阿波羅踊祭的「阿波羅踊廳」三個場地。

「座。高圓寺」標榜「街的廣場」，以地域概念作為根基，希望藉著舞台藝術與當地居民，形成一種互動交流的溝通管道。他們相信，在繁華的城市裡，唯有培育與開發青春的才能，才能彰顯街的活力。

五月黃金週，就在上海世博會熱鬧開展的週末，居住在高圓寺的居民們並不在國際鎂光燈的聚焦下，卻也有著一場屬於自己的繁盛嘉年華。

這個名為「高圓寺驚奇大道藝」（高円寺びっくり大道芸）是從二〇〇九年開始舉辦的，今年進入第二屆。與高圓寺阿波踊祭不同的是高圓寺驚奇大道藝著重於街頭藝術表演。在兩天的慶典中，高圓寺商圈的街道內，設置了固定的二十三處表演場地。有三十組以上的表演團體，在排定的時間內進行各種類型的街頭表演，與當地人（或特地前來融入當地的民眾）進行零距離的互動式演出。

雖然才在二〇一〇年邁入第二屆的高圓寺驚奇大道藝，目前已和高圓寺阿波踊祭並列為「高圓寺四大祭」。另外兩項活動是以串聯商店購物的「高圓寺 FACE」與劇場演出為主的「高圓寺演藝祭」。

那一天，晴朗的午後，我晃步在高圓寺的小巷道中，經過一場又一場的街頭表演。那些街頭藝術的呈現型式都非常簡單，而演出的場地，雖然說是特別劃分出來的，但其實是毫無特製的場地。

街道，就是他們的舞台。這個舞台不分上下，沒有遠近，圍觀的人群等於也和表演者站在舞台之上。

轉進一條街衢，恰好撞見一位不知名的女歌手賣力地唱歌。歌已近尾聲，圍觀的民眾報以熱烈的掌聲。

就在剎那間，我突然抬起頭，發現對面正在午休的餐館，二樓的窗邊，站著一位掛著白色圍裙、戴著廚師帽子的中年男人。他俯瞰著街角，臉上堆著滿足的笑容，用力地拍起手來。

我聽不見他的掌聲，而街角的女歌手自然也沒有注意到遠方的鼓勵。

可是，我知道，那一場不知名的演出，帶給廚師的喜悅，將會在他轉身走進廚房，從鍋鏟與料理之中，傳遞給這一晚上門的客人。

じんしんじこ【人身事故】

交通事故などで、人が負傷したり死亡したりする事故。

——大辞泉

人心事故。

在那麼擁擠的車站與車廂裡，你的生命，是交給你身邊的人的。

↑人身事故來自於人心事故。

凡是在通勤時間搭乘電車的東京人，肯定對「人身事故」這四個字非常熟悉。人身事故這四個字的用法，完全展現出日本人委婉並且曖昧的個性。不明白的人若是從字面上看，大概只能猜測到發生了什麼人與交通的事故吧。其實，說穿了，人身事故多半指的就是有人跳軌自殺了。

幾乎每個星期，甚至該說每隔幾天，我就會在通勤的尖峰時段，看見月台上的螢幕顯示哪條路線又發生了人身事故。

雖然之前就聽說過東京人若要自殺會選擇臥軌，但我沒料到原來這事情是一種常態。因此，剛搬來東京居住時，我曾經一度懷疑這個字眼所代表的意思。因為它出現得實在太頻繁了，多到令人難以置信。

一旦發生了人身事故，列車就會暫停行駛。電車可以說是東京的血脈，任何一條堵塞了，交通癱瘓的後果都不堪設想。忽然間，慣常搭乘的線路停止運轉，幾十萬人都慌了手腳。原本不到幾分鐘就會來一班車而疏散掉的人潮，這下子就從月台一路塞爆到車站大廳與站外。

睡眼惺忪的人們掛著無奈的表情，猛不停地按著手機訊息，告知親近的朋友自己

さ

有多倒楣，上班或上學要遲到了，因為「又」遇上了人身事故。東京人說起人身事故時，往往抱怨多於憐憫。

微妙的是，日文裡的人身跟人心是同樣的發音。人身事故也就是人心事故。可不是嗎？每一樁跳軌自殺的人身事故，都是來自於無法解套的人心事故吧。

首都圈內的埼京線路線很長，連結東京都和埼玉縣，是一條繁忙而擁擠的重要幹線。所以，若是遇上人身事故，影響自然是相當巨大的。

埼京線的另外一個特色，就是每當日本朋友一聽到我住在這條線路上時，第一個反應就是「痴漢」很多！他們說，無論你是男是女，都有可能被吃豆腐。

我雖然從未見過痴漢，不過，卻能完全明白這種窘況，以及為何痴漢總能輕易下手。因為車廂裡擁擠的程度已經不只是人貼人，而是到了人壓人的地步。時時刻刻，都是身體親近的接觸。

特別是在早晨的通勤時段，我經常有一種上了電車，就等於把自己的身體暫時交出去，只能隨波逐流的感受。

因為太貼近了，常常能夠數著別人的心跳，度過每一站。為了順利下車，每個人必須練就過關斬將的工夫。尤其是女孩子。別看日本女孩好像很甜美似的，每到了下車時分，她們都好像是被大力士給附身似的，用手肘硬是往身旁推擠，只求迅速離開車廂。

因此，我終於明白，為什麼很多年前發生的地下鐵沙林毒氣事件，對東京人有那麼大的震撼。村上春樹甚至還為此還寫出了一本書來。

確實，在那麼擁擠的車站與車廂裡，你的生命，是交給你身邊的人的。一旦身邊的人忽然間發了瘋，做出任何恐怖的事情來，每個人都毫無空間可以閃躲。

春天的櫻花開了又謝；夏日的花火瞬間燦爛；秋天木犀的香氣尚未退散，行道樹已乍現紅葉。

這城市裡四季的變化，總是如此細膩而鮮明。然而這一切畢竟是與人身事故的人無關的。每一次在通勤時又看見發生了人身事故，我總會這麼想。他們早已不在乎這一切，所以決定放棄這些生活的體驗。當然也就不在乎，一躍而下以後，幾十萬人的作息停擺。

事故以後，暫停的列車恢復行駛。事發的鐵軌與月台，沒有時間去記憶發生過的事。抱怨的人們，馬上又有新的抱怨取而代之。

一切都像是未曾發生過的，城市又恢復了正常的作息。

人心事故也繼續醞釀著，而誰都知道，下一次的人身事故也從來不會就此止息。

しんじゅくえき【新宿駅】

東京の新都心・新宿に位置するターミナル駅である。一日平均乗降者数は３４６万人と世界一（ギネス世界記録認定）多い駅であり、地下道などで接続する西武新宿駅まで含めると３６４万人以上になり、この数字は横浜市の人口と匹敵する。

——フリー百科事典『ウィキペディア』

送往迎來，新宿站。

我和我爸在新宿站告別。
那是我最後一次對著仍有氣息的他說話，
雖然，他並不在這裡。

↑新宿東南口。

我和我爸在新宿站告別。

那是我最後一次對著仍有氣息的他說話，雖然，他並不在這裡。

第一次來到新宿站是在一九九九年。一晃眼竟然已經過了十年。

新宿站是我認識東京的原點。

那時我簡直沒有日文能力，帶著我媽跟外甥女，三個人在新宿站裡站外繞啊繞的，好不容易才終於知道如何走向我們住宿的飯店。

當時我怎麼也沒有料到，有一天我會生活在東京。如今從我家搭車到新宿，只要二十分鐘。這時間跟我從台北的家，搭捷運到台北車站是一樣的。

後來的每一年，我都會到東京旅遊，對新宿站也愈來愈熟悉。

新宿站是全世界吐納量最大的車站。若加上西武新宿站，這裡每天有約三百六十四萬人進出。從來沒到過新宿站的旅人，倘若方向感差，日文又不是太好，多半會在這裡鬼打牆，走不到自己想去的出口，找不到想要轉乘的地鐵的經驗。因為新宿站不只人多，改札口（收票口）也多。一個改札口出去了，又分岔許多地上跟地下的小出口。因此，不常來的人，迷路也很正常。

對第一次來到新宿站的人來說，一踏出電車門，從步上月台開始到出站為止，大約就是一場混亂而茫然的城市冒險。

而對於不只來過東京一次，並且喜歡此地的旅人而言，新宿站裡人潮愈是洶湧、空氣愈是稀薄，卻愈會有一種「真的又來到東京了」的興奮感。

新宿這個地名代表了東京甚至日本的繁華縮影。

對於生在台灣小島上的我們而言，或許不一定是一個想要企及的夢，但卻很清楚的知道，那是一個與我們拉開距離的世界。

一個我們怎麼努力去追，它便跑得更快、更遠的世界。

去年，我的姊夫和家人來東京找我時，對山手線駛進新宿站時的車廂廣播很感興趣。因為廣播報出新宿站可以轉乘的電車路線名稱，竟多達十幾條，很令他吃驚。我開玩笑說，還好這裡只用日文跟英文播報。如果跟台北捷運一樣的話，這麼多線路，等四種語言報完，電車已經過站了。

東京的車費很貴。我買的是通學定期票，是有折扣的，很划算。從家裡到上課的地方，沿路經過的車站隨意上下車，都不用再付錢。所以當初找房子時，怎麼樣都要找會經過新宿的線路。於是，這一年多以來，常常只是想出門走走透透氣，又不想跑太遠時，那就是去新宿。

在新宿的眾多改札口當中，我最常利用的是新宿東口。可是，要是約人見面時，我喜歡約東南口。因為東南口人潮不那麼多，很方便認人。還有地理位置上，算是繁華街的中間位置，進退得宜。

跟在日本的朋友相約；跟從台灣來的旅人相見；跟要離開日本的朋友，在這裡送他們搭車去機場，新宿站也成為了我送往迎來的地方。

那天下午，大姊打了越洋電話告訴我，在醫院裡已經昏迷了一個多月的我老爸，恐怕快要不行時，我正走往慣常穿越的新宿站。

罹患帕金森氏症的他，已經病了很多年。

端午節時，我臨時回台北一趟，看了昏迷中的他時，家人便開始討論了後事。然而，當這一刻終究來臨時，那種家族裡自此將「永遠消失一個人了」的事實，仍顯得詭譎與虛空。

在他心跳漸漸微弱停止之前，家人圍在他的身邊，與他道別。因為事發突然，趕不回去的我，只能在新宿站裡嘈雜的人群中，窩進一個小小的角落裡，對著我的手機，向昏迷中的老爸說再見。

這當然不是當年初次踏進新宿站的我；不是每一回來東京，從新宿展開旅程的我，能夠預知的事情。

時間，即使在那一刻，仍毫不留情地用力推擠著新宿站裡，每一個雜沓的腳步，進站又離開。

我在新宿JR站裡的第十七個月台，一個其實不存在的月台，送我老爸搭上他人生的最後一班列車。

他像往常那樣遲緩地揮手和點頭，就好像他真的來東京看過我了，現在只是準備回家而已。

しゅうしょくかつどう【就職活動】

大学新卒者を主とする求職活動。希望する企業・職種を選び、説明会に出て、会社訪問、履歴書などを提出し、筆記・面接試験を受け、内定を得るという一連の活動のこと。

——大辞泉

就活。

你會每天看見許多學生，男生也好女生也好，穿著西裝來上課。因為他們不是在就活的路上，就是剛從就活回來。

↑找工作跟找戀人是一樣的。
實力以外，只剩下運氣。

第一次看到「就活」這個字眼的時候，我以為是什麼醫療相關的名詞，可能跟急救生命有關。後來我才知道，就活原來是「就職活動」的簡寫。

日本的就職活動在台灣來說，其實就是公司企業所舉辦的徵才活動與企業說明會。只不過台灣的就職活動並不是畢業生尋找工作的主要管道，大部分的人還是習慣透過網路人力銀行找工作。

但是在日本，幾乎大部分的畢業新生都是得透過就職活動才能獲得工作。日本人講究形式、規則與團體活動，如果你是應屆畢業生想找工作，卻不透過就職活動，恐怕會相當吃力。

台灣的大學生大約在準備升上大四時，才會開始想一想畢業以後該做什麼工作。一時想不到的，不如就考個研究所，繼續待在校園裡當學生，延緩就職煩惱。日本大學生很少會考研究所。除非你打算自此都走研究路線，否則大部分的學生就是把大學四年念完，然後進入職場。因此，如何在一畢業之後就能立刻投靠進一間好公司，就變得非常重要。

參加就職活動最重要的目的，就是獲得內定。在還沒畢業以前，就知道自己可以去哪間公司上班的人可說是高枕無憂；而就活裡始終無法獲得內定的人，相較之下就會產生極大的焦慮。

日本人把換工作這件事，視為人生的重大轉折。如果不是有什麼特殊重大狀況，很多人都是一份工作做到退休。既然如此，就得進到一間好公司才行。所以，就職活動無疑變成校園生活很重要的一部分。

你會每天看見許多學生，男生也好女生也好，穿著西裝來上課。因為他們不是在就活的路上，就是剛從就活回來。

日本企業迷信名校學歷的程度比台灣嚴重許多。我在早稻田大學上課時，早大的學生開玩笑說，許多日本學生努力考上有名的大學以後，校園生活只有兩件事情。大一到大二，參加社團的聯誼會；大三到大四，參加就活。

「那看書這件事情呢？」我問。

「日本大學生不看書的啊！」對方打趣地說。

我想這或許有些誇張，因為就職活動是得經過非常繁複的好幾回考試、面試，所以在校成績其實也是很重要的參考。不過，這說法卻足以解釋就活的重要性。

因為就活太重要了，因應而生的周邊產品也相當蓬勃。

跟台灣一樣，在書籍方面最常見的就是履歷表的撰寫技巧，還有面試時日語敬語的使用法。也有不少網站是關於就活的。像是「就活日記」（http://www.nikki.ne.jp）這類型的部落格，蒐集並交換大家參加就職活動的心得。還有「就活髮型」（http://lategray.chieharad.org）的網站，告訴大家參加就活時，應該如何穿得正式又正確，同時在髮型部分應該注意什麼。比如瀏海不能太長；女生若留長髮最好綁馬尾束起來；男生耳朵最好露出來。還有，日本年輕人喜歡染髮，參加就職時，無論如何最基本的第一件事情，就是要把頭髮的顏色變回黑色。

全球景氣低迷，再加上日幣瘋狂升值，導致很多企業必須裁員，或減少徵才需求。日本開始進入了「就職冰河期」，很多在就活時獲得內定的學生，都不幸接到內定取消的通知，不然就是無限期延後錄用時間，在家等候通知，或者還有的公司會「勸退」入社。

看來就職活動簡稱為就活，在如此嚴峻的經濟環境中，若能突破重圍找到一份工作，確實也有了點被救活的意味。

そうしょくけいだんし【草食系男子】

「草食男子」は、『恋愛やセックスに「縁がない」わけではないのに「積極的」ではない、「肉」欲に淡々とした「草食男子」』と定義した。草食系男子の定義は論者によって異なる。
——フリー百科事典『ウィキペディア』

草食系男子。

日本男孩漸漸變得愈來愈只在乎自己。由於經濟壓力大，消費時考量的也就會是自身，而非交往的對象。

↑這個世代的男孩子對未來充滿不確定感。

景氣不好，跨了年，人人都說這一年會更糟。

已經像是句口頭禪了，很多事情的緣由和結論，反正總也掌握不了，於是總歸一句：景氣不好。每天看著日本跟兩岸三地的新聞，我不禁老想到張愛玲那句話來的，「時代是倉促的，已經在破壞中，還有更大的破壞要來。」

景氣不好，很多事情的基礎結構也會跟著改變。在日本，景氣不好所改變的基礎結構中，除了消費方式以外，還有生活習慣以及人的性格。

前陣子日本開始流行起一個新的名詞叫做「草食系男子」，說的是二十歲到三十歲世代男性的性格新傾向。草食系男子的特徵在吃的東西上，喜歡蔬菜跟魚勝於肉類；在工作時背包裡經常出現零食。在個性上相當纖細、隨和並且協調性高；不喜歡從事金錢方面的投資；比起外出來說，待在家裡也覺得是種享受。在兩性關係上，他們不是同性戀，很喜歡跟女孩子在一起，但是對於經營戀愛的興趣不大，也不強求踏進婚姻關係。

之所以會呈現出這樣的性格，主要是因為在日本社會長期的經濟影響下，男孩子漸漸地變得愈來愈「在乎」自己。由於經濟壓力大，消費時考量的也是自身，而非交往的對象。逢年過節，與其把錢都花在買禮物給對方或約會請客上，他們更傾向把錢集中在一個人的享受。而且，日本社會絕大部分仍有男主外女主內的傳統觀念。想要結婚，所有的家計就會落在男人的身上。當然以結婚為前提的戀愛，男孩子也就愈來愈敬而遠之。

此外，草食系男子最特別的特徵是對於性關係覺得麻煩。做愛雖然好，但一旦進入職場以後，生活壓力就變得很大。工作忙碌，時間寶貴，有需求時對方不一定能配合，還得看臉色或者配合演出，於是覺得有時候自己看看碟片解決需求，還比較有效率，而且絕對安全。這或許也解釋了為什麼日本經濟再怎麼壞，但據調查，唯有「風俗事業」的業績不降反升。

草食系男子聽起來跟所謂的「御宅族」的宅男有點類似，不過，比起活躍於秋葉原的御宅族來說，草食系男子並非過著封閉的生活，對人際關係並不恐懼，對社會也沒什麼適應不良的症狀。

只是經濟的暴起暴落，讓這個世代的男孩子對未來充滿不確定感。對自己沒什麼自信，這樣也好那樣也好，缺乏企圖和衝動。個性因此變得被動，成年男人男孩化，不想承擔風險性高的責任，因為怕受傷過深。

草食系男子就像是草食系動物一樣，不慍不火，沒什麼攻擊性，聽起來相當溫馴，但是可苦了現在的日本女性。

我不知道聽過多少次，那些跟日本男生相處的女生抱怨日本男生很曖昧。說穿了，那曖昧的行徑，其實就是草食系男子性格的結果。日本人在學校跟職場都喜歡的聯誼活動，因此失敗率愈來愈高。

忽然想起，二〇〇八年來到東京時，我認識了一個從台灣來的女孩子小昱。小昱也曾經以我為男性代表，表達她對身邊出現的男人的不滿。幾個關係親密的男孩子，總到關鍵時刻，發展的速度就遲緩了下來，讓她覺得自己可有可無。

「到底是不是我看起來太強勢，或出了什麼問題啊？」那時候小昱曾這麼問我。

當時我只回答她，我不覺得她有什麼問題。

如今想來，是她遇見的那幾個男生出了點問題。那些男生雖然不是日本人，但或許也帶著點草食系動物的性格呢。原來草食系男子不僅出現在日本社會，也慢慢地遊牧到有類似經濟背景下的台灣男孩們身上嗎？

這兩天在書店裡翻雜誌，看見開始出現教導女孩子，如何喚醒草食系男子的企劃專題。看來日本女生是相信每個草食系男子的內心，其實還是一頭肉食性的猛獸。這種對未來的信心，很有一種新年新氣象之振奮感。所以我在想，日本單身女子可能是最希望日本經濟盡快好轉的族群之一。

不都說群眾的念力會產生強大的效果嗎？那麼就拜託日本單身女子多多祈禱經濟好轉，讓日本男生不再因為經濟壓力而繼續「草食化」吧。那麼，我所關心的日圓匯率或許也可以因此受惠，不再飆漲了呀。

タバコ【煙草】

ナス科の多年草。日本では一年草。葉にニコチンを含み、喫煙用に加工したり、殺虫剤の原料としたりする。タバコの葉を乾燥・加工したもの。火をつけて吸煙する嗜好品。

——大辞林

菸雨濛濛。

我的失意我的喜悅，我的茫然我的幻想，就在菸雨之間，過濾出了連自己也意想不到的新生。

↑日本朋友身上帶著的火柴盒。

日本首都圈內的 JR 車站月台，從二〇〇九年四月起開始全面禁菸了。從前在戶外月台上，還會特別劃分出一個「分菸」區，讓想抽菸的人跟不想吸到二手菸的人各自適得其所，現在，連這個吸菸區也取消了。

當我第一次在車站看到這禁菸的宣告時，還挺震撼的。雖然，我並不吸菸。不過，這令我開始關心（或說難以想像）在這麼一個愛抽菸的國家，竟然有辦法推行禁菸到這種程度。畢竟，近年來日本吸菸的人口雖然說已逐年下降，可是全國仍有近二千六百萬的抽菸人口。比台灣的總人口數還多。

從去年七月開始，日本的香菸販賣機開始加裝成人身分辨識器。你想買菸，得先符合年滿二十歲的資格，去申辦一張叫做「Taspo」的個人 IC 身分卡才行。上面有年齡和相片，買菸時要將卡片放在讀卡機前感應，販賣機才會動作。

而在這之前，東京都內早已開始推行路上禁菸條例。凡是不在路上指定的據點吸菸的人，都會遭到取締。現在，全東京只剩下餐廳和咖啡館，目前暫時還能保有原來的狀態，在室內設有分菸區。

不過，這所謂的分菸區，也完全展現出了日本人性格裡的曖昧之處。

因為大多數的分菸，其實，有分跟沒分一樣。

比如，吸菸跟不吸菸的區域，常常只是隔了一條小走道罷了，完全沒有用任何隔板區隔開來。

還有一種狀況，是吸菸區有用玻璃或隔板區隔開來，不過，分開來了，但卻不是密閉的，所以，菸味照樣會瀰漫到整間店面。

我在早大上課的大樓附近有一間摩斯漢堡店。這間摩斯的分菸設計，便可說是「有分跟沒分一樣」的絕佳代表。

我的朋友東東對菸味非常反抗，只要一點點就受不了，所以，每次我們一起去這間摩斯時，都會挑不正對著抽菸區入口的位子坐。因為這分菸房間的入口，其實並沒有用門密閉起來。

雖然挑了不正面菸味竄出的入口坐，但幾次下來，東東還是一臉納悶。

「為什麼沒對著門，菸味還是那麼重呢？」

有一天，他終於忍不住問我。

當他這麼一說以後，我仔細觀察了一下那吸菸的小房間，才赫然發現，用來分隔小房間的玻璃牆，其實，跟天花板之間是中空的。菸味，自然就從門口，也從天花板上那實在不算小的縫隙間竄出來了。

「這樣有分跟沒分，有什麼差別？」東東問我。

「跟看枯山水一樣，這是一種禪意。分界，是在你心裡的。」

我開玩笑地回應他。

「該不會是想省建材吧？這樣又能省多少成本呢？」

東東是學環境和建築的，果然跟學文學的我，很不一樣啊。

然而，菸味可是不管你學什麼的，繼續飄近我們的鼻尖。

這兩年因為禁菸運動的推廣，餐館設立分菸的方式也有所改變。

從前吸菸區總比非菸區占地還大的優勢，如今正節節敗退。

在新開張的餐廳裡，最常見到的吸菸區，變成了一個電話亭大小的狹窄空間。而且，不只有門，天花板也終於不省建材、不談禪意地封到底了。

東東說，非吸菸區，終於獲得平反。

是沒錯。只是有一天，我去了一間速食店，一坐下來，看到角落有幾個男人擠在一個電話亭似的促狹房間裡吸菸時，竟忽然有種不忍的感覺。

在台北幾個會吸菸的朋友，因為年初推行室內三人以上就得禁菸以後，便開始覺得生活裡又增添了一樁委屈的事。

不過，據說這三人以上室內禁菸的措施成效並不彰，很多地方又悄悄地故態重萌。台灣真是比已開發國家還自由。

我於是想起，以前窩在台北東區花徑開咖啡館裡寫稿的午後。

那時候的花徑開，還是我喜歡的樣子。

午後時段的人總不多，縱使有菸味，也是淡淡的。雖然我不吸菸，太濃的菸味也無法忍受，可不知道為什麼，在這裡總能讓我寫出些東西來。

偶爾會下起雨，屋裡屋外，便一陣菸雨濛濛。

我的失意我的喜悅，我的茫然我的幻想，彷彿也就在這菸雨之間，過濾出了有時連自己也意想不到的，別人眼中的新生。

digital camera【デジカメ】

デジタルカメラ画像データの記録にはフラッシュメモリーなどのメモリーカードを利用する。フィルムカメラと異なり、撮影した画像をその場で直ちに確認できるといった簡便さがあり、日本においては１９９０年代末から広く普及した。

——大辞林

失焦的美感。

能夠體會出失焦的美感，那境界，才是生命中最艱難的課題。

↑雖然是張失焦的照片，但
我喜歡這氣氛。東京車站前。

十年前剛來日本旅行時，在北海道函館山上拍夜景，那時候手上拿的還是裝膠卷的傻瓜相機。依照經驗，即使是用了感光四百的膠卷，若不是專業相機跟拍照達人的話，夜景仍是沒有可能拍攝下來的。

當時，我和朋友看見日本人拿著相機猛拍，心裡還暗自竊笑著，「真是沒旅行經驗哪，這麼黑的地方，根本用不著浪費底片！」

因此，我們帶著在紐約世貿中心（是的！那時世貿雙子星還沒倒）自以為是的夜景拍照經驗，根本不打算浪費底片，只象徵性的拍了一兩張作為紀念。

殊不知那時候真正愚的是我。因為，科技進步的日本人，拿的早就是數位相機了，夜景，當然拍得起來。甚至大家已經開始用起手機拍照了。

十年前，別說手機拍照功能可媲美數位相機了，手機根本在台灣還是個奢侈品，到處還殘留著 B.B. Call 的身影呢。

以前出國旅行時，拍照真是得錙銖必較。膠卷帶個十卷就已經算是很多。畢竟，買膠卷要錢，回來沖洗底片也要錢，過海關還怕 X 光把底片給曝光。

一卷膠卷三十六張底片，拍了空景，就捨不得拍人。拍了人，也不曉得有沒有模糊掉。想要多拍一張，最後算一算帶來的膠卷快不夠了，最終還是放棄。

跟旅伴之間許多的恩怨，總是在旅行結束後滋生的。

照片洗出來，像是等候聯考放榜一樣，有沒有把彼此給拍好，勝負立判分明。那個年代，造成情人分手的原因，恐怕「照片總是拍不好，毀了記憶」便是其中之一。

其實不過是十年前的事情而已。

人手一台數位相機以後，這種旅行後的緊張場面自然是消失了。不過，取而代之的是拍照太容易了，隨便怎麼亂拍都可以。於是，一不小心，就會被抓包，被發現拍了不該拍的東西。

雖然日本的手機拍照功能已經很強了，不過，走在東京街頭，特別是假日，仍然隨時能見到許多人拿著進階型的數位相機。其中有很大一部分並不是旅人，而純粹只是喜歡拍照的東京人。

無論是進階型數位相機或單眼數位，過去的印象總停留在用的人，多半是男孩的身上。然而，最近，帶著專業相機出門逛街的日本女孩卻迅速激增。

這一年多來，有個新日文名詞叫做「森林女孩」（森ガール）在傳媒界、雜誌圈和mixi網路社群裡蔓延開來。

「ガール」就是英文的女生「Girl」；而「森」指的不只是反樸歸真，主要是勾勒出「森林女孩」的穿著打扮。她們多半是穿著碎花圖案的套裝，洋蔥式的混搭法，塑造出的蓬鬆感，像是森林裡自由舒展的綠樹一樣。

「森林女孩」喜歡手工產品，愛逛生活雜貨店，更重要的是，她們總是會在脖子上掛著專業的相機。從原宿、下北澤、代官山到高圓寺一帶，最常見到帶著相機的「森林女孩」的蹤跡。拍的照片大抵也只是在部落格上與朋友分享而已，不過，認真投入的程度，一點也不輸給雜誌的專業攝影師。

在某個陽光燦爛的空曠巷弄裡，當森林女孩拍下一幕心動的風景，在放下相機的剎那，忽地發現，眼前有個草食系男子，也剛放下按了快門後的相機。兩人相視而笑，森林女孩與草食系男子，再次舉起相機，這一次拍的是彼此。

這種日劇情節，要說從賣相機的日本廣告裡跳脫到現實生活，也不是完全沒可能。畢竟，東京那麼大，什麼事情都會發生。下次來東京旅行時，揹著單眼數位

た

相機到下北澤試試看吧。但請注意必須是一個人，以及，不要奢想這種瞬間的浪漫有什麼延續的可能。因為，把浪漫延續成篇的，是小說家的工作。

跟我一起在學校上設計課程的學生，很多都是二十歲的孩子。

有一堂攝影課，老師介紹起相機的流變時，竟然在黑板上畫起膠卷來，並且仔細解釋起膠卷相機的使用方式。頓時，我有些時光錯亂。一旁的日本人，頗有興致的把黑板上的膠卷畫在自己的筆記本上。

「你沒用過這種得用膠卷的相機嗎？」我問。

他愣愣地回答：「從我開始用相機就是手機跟數位相機啊。這種膠卷，現在買得到嗎？」

買得到啦！死小孩。

唉，真是今夕是何夕啊。

所幸愛玩 LOMO 相機的人愈來愈多了。相機的種類愈出愈多，日本街頭的專賣店也不少。LOMO 相機一定得用膠卷，膠卷相機這下子可不是古董，而是潮流。那種不知道按下快門時，會有什麼的未知感，又回到身邊來。差別在於過去總痛恨照片洗出來拍糊了，而現在反而是希望可以模糊得恰到好處。

是不是什麼東西追求到極度清晰以後，有一天便會發現，其實模糊也有其美好的一面呢？

是誰說每個人都得立下清晰的成功目標，努力去追求與實現呢？能夠體會出失焦的美感，那境界，才是生命中最艱難的課題。

Tokyo Disneyland【東京ディズニーランド】

千葉県浦安市、舞浜の埋立地にある日本最大級の民間の遊園地。１９８３年、アメリカのディズニーランドの日本版として開園。TDL。

——大辞林

迪士尼，一場濃縮的旅行。

等候夢想的距離縮短了，期待的事物提前到來，往後對於新鮮事物的需求，也就得要補給更多的庫存量吧。

↑一起去的人，比迪士尼裡的一切，更重要。

我其實真的沒那麼狂愛迪士尼樂園。

然而，這話一說出口，恐怕很多人是不信的。就在前幾天，所謂不怎麼狂愛迪士尼的我，託小外甥女媗媗的福，我第五次踏進了迪士尼樂園。

差不多是十年前，我第一次來東京迪士尼樂園時，也是因為另外一個小朋友的關係。那是年紀大媗媗十歲的姊姊，嘟嘟。那年嘟嘟才五歲，如今她都準備念高中了。

把去迪士尼的原因老是推給小孩，其實有點不負責任。因為五次經驗當中其實有三次，都是和我在早大認識的台灣朋友一起去的。

大夥差不多都是三十歲前後的年紀。我們這群人真不知道該說是保有赤子之心，還是該說返老還童。

莎莎和東東是我們這群人裡，最迷迪士尼樂園的人。東東雖然是個大男生，卻對那種在高空中充滿刺激性的遊樂設施心生畏懼。他的長項在於總是非常清楚，園區內哪些地方會販售什麼限定食物。比如想吃蜂蜜口味的爆米花，只有在小熊維尼歷險的前面才買得到。原因是小熊維尼愛吃蜂蜜。

た

諸如此類的小撇步，我想其實稍微在網路上爬文就能知道了，不過，對於「完全不打算做任何準備功課」就去迪士尼樂園的我來說，仍然是一則新鮮知識。

因為不想做任何準備，所以，進迪士尼樂園以後，我便將自己完全交給莎莎。莎莎總是熟練地知道，應該先去拿哪個遊樂設施的Fast Pass，然後趁著等候的時間再去玩別的。回頭時，差不多就可以進先前等候的遊戲。時間算得剛剛好。

媗媗的媽媽也就是我的大姊，在媗媗的身旁，與其說是她老媽，不如說更接近於大牌藝人的特別助理。她的手肘上掛著媗媗因為熱而脱掉的衣服；袋子裡裝著媗媗沒吃完的食物；脖子上掛著相機，手上則拿著攝影機，隨時隨地以動態與靜態雙效合一，記錄媗媗的一舉一動。

記錄著自己的孩子第一次踏進夢想的樂園，看著他們的反應與表情，每一種情緒應當都是新鮮而珍貴的。比如，當媗媗跟米老鼠和白雪公主合照時，平常活蹦亂跳的她，突然間整個人安靜了下來。

不是興奮也並非受到驚嚇，只是臉上毫無表情的盯著這些卡通人物，大概是非常疑惑，這些平常在卡通裡看見的人物，為什麼從電視裡跑了出來？

我每一次來到迪士尼樂園時，都在想穿在卡通造型衣物的人，究竟是什麼樣的人呢？東京迪士尼樂園裡扮演卡通人物的員工，都跟園方簽訂了保密合約。無論在工作期間或離職以後，都不得透露你的真實身分和曾經扮演過哪個角色。目的是要貫徹所有的卡通人物，都是真的出自於樂園裡的形象。

有一年，通往東京迪士尼樂園的電車故障而延遲了開園時間，電視台新聞記者訪問園內的員工時，故意套話地問：「這樣米奇和米妮趕得及上班嗎？」

員工訓練有素地回覆：「他們本來就住在樂園裡，並沒有趕不到的問題。」

日本人真的會如此遵守合約的規定嗎？自從知道這件事情以後，每當我在某些自我介紹的場合，遇見一些總是對自己的工作支支吾吾的日本人時，我再也不會認為他們是因失業而難以啟齒了。

因為，他們很可能就是米奇或米妮呀！

東京迪士尼樂園從計畫動工到開園，歷經十年。這座美國本土以外的第一座迪士尼樂園，建造當初為了避免風險，是採授權方式讓日本京城電鐵與三井不動產出資經營。營運經費和收入主要也由日本公司吸收，美國只收權利金。沒想到一九八三

た

年開幕迄今，已經超過二十五個年頭的東京迪士尼年年大豐收，讓迪士尼總裁曾開玩笑地說，東京迪士尼只採授權而非直營，真是「史上最大的商業失敗」。

許多外國觀光客可能都不知道，東京迪士尼並不在東京，而是在千葉縣。當初建造時，另外一處呼聲很高的候選之地是富士山山腳下的靜岡市。本來認為能以日本民族象徵的富士山博得青睞，怎料最後落選的原因，正在於富士山。因為迪士尼認為在園區裡看見富士山，太貼近現實世界，遊客會分心。

讓人一踏進園區，就暫時忘卻外在世界的紛紛擾擾，應該正是迪士尼樂園的初衷吧。崇洋又愛卡通玩偶的日本人，對東京迪士尼熱愛的程度，始終都是橫跨小孩和大人的年齡層。直到現在，東京迪士尼仍是年輕人的約會勝地。大學社團的戶外活動，這裡也經常是熱門候選。

我雖然對迪士尼創造出來的卡通人物沒那麼有興趣，不過倒是喜歡跟著家人或好朋友到迪士尼樂園時，那種一整天都熱鬧在一起的感覺。

大概是這樣，我就去了第五次。

迪士尼樂園裡的一整天，其實是一場濃縮的旅行。

像是旅程中，只需要想的是下一站與下一餐，在迪士尼樂園裡所要思考的（其實我也沒怎麼思考啦）也只有下一個該玩什麼，還有，肚子餓了該吃什麼的問題。所有的美式垃圾食物，甜到死油到爆的東西，這一天大口大口的吃，彷彿也無所謂。

夜裡，迪士尼樂園恆常地施放起煙火。

城堡上空的火光，遙遙地映照在身旁的媗媗的臉龐。她好膽小，怕煙火的聲音，所以全程都用兩隻手摀起耳朵。不過，兩隻眼睛仍定定地凝視著煙火。

我想起十年前五歲的嘟嘟，也是這樣看過一場煙火呢。

等候夢想的距離縮短了，期待的事物提前到來，往後對於新鮮事物的需求，也就得要補給更多的庫存量吧。

同樣是第一次踏進迪士尼樂園，他們是一代比一代年輕了。嘟嘟五歲；媗媗不滿四歲。而我，因為大學時參加遊學團，才在美國第一次踏進迪士尼樂園。那都已經是十九歲的事了。

啊，那一年，我才十九歲。

た

とうきょうたわー【東京タワー】

東京都港区芝公園にある総合電波塔。構造設計は内藤多仲。1958年完成。高さ333m。塔頂部に東京の各テレビ局の送信アンテナが設置されている。

——大辞泉

半世紀的東京鐵塔。

江國香織曾說，「世界上最悲傷的景色，莫過於被雨淋溼的東京鐵塔。」

↑東京鐵塔與日本人有著革命情感。

一九五八年竣工的東京鐵塔度過了五十歲的生日。五十歲，半個世紀，在那一年剛出生的孩子，如今都已到了知天命之年。

為了歡度五十歲生日，東京鐵塔在夜晚亮起了不同顏色組合的燈飾。日前在慶生會典禮當日，有超過兩萬人排隊等著登上鐵塔的展望台共襄盛舉，一齊向東京鐵塔說生日快樂。這其中許多遊客當然都不是第一次登上鐵塔了。他們藉著從鐵塔上俯瞰東京的剎那，同時回首起自己的前塵往事。

一九四五年日本投降，結束了二次大戰。整個日本在戰爭中耗盡資源，經濟衰退，而東京在美軍空襲下滿目瘡痍，幾乎被夷為平地。之後，日本展開重建，經濟在美國的扶持下緩緩抬頭，而東京鐵塔在此際的誕生，彷彿也象徵著日本從平地一步步站起來，往經濟巔峰攀爬的過程。

要感受東京鐵塔對日本人而言的那種「成長陪伴感」，看一看電影《ALWAYS幸福的三丁目》就能明白。

關於東京鐵塔的電影，這兩年最賣座的是改編自國民漫畫的電影《ALWAYS幸福的三丁目》。這部以家族為架構的東京鐵塔故事，以靠近東京鐵塔附近的住

た

家為場景。

就像是台灣五、六十年代，經濟逐漸起飛，許多新鮮的家電設備開始出現在生活裡，《ALWAYS幸福的三丁目》在故事主軸的背後，也不斷地回溯那段艱苦卻又單純而甜美的時光。劇中的人們每天看著東京鐵塔的建設慢慢地完成，而同時家族與國家經濟也跟著一起攀升好轉。彷彿因此，便與東京鐵塔有了革命情感。

在愛情故事裡，東京鐵塔也是常客。日本大眾小說最高榮譽直木賞暢銷女作家江國香織在《寂寞東京鐵塔》一書中，開頭就精準地寫到，「世界上最悲傷的景色，莫過於被雨淋溼的東京鐵塔」。在江國香織的筆下，東京鐵塔是充滿情慾的。十九歲的男孩和已婚熟女的愛戀，東京鐵塔都默默地見證了波濤洶湧的祕密。

確實，下著雨的東京鐵塔看起來是非常寂寥的。可能是因為下起雨來的東京，往往有一種迷離的霧鏡感，而鐵塔火紅的眼色在這樣的視覺中，就顯得有些詭譎。有一股明明是熱情的顏色，卻反差地感受到一種強顏歡笑的寂寞。

Lily Franky的《東京鐵塔：老媽和我，有時還有老爸》在日本暢銷二百一十萬冊，並獲得二〇〇六年「本屋大賞」成為日本書店店員票選最想賣給讀者的書。

這部以母愛為架構的作者自傳性小說，將東京鐵塔比喻為外地人上京打拚的某種精神堡壘。所有在東京大城裡庸庸碌碌的人們，都在這鐵塔下日復一日周旋著喜怒哀樂。

「那像是陀螺的蕊，準準地插在正中央。插在東京的正中央、日本的正中央，插在我們夢想的正中央。我們聚集了過來。追求那未曾見過的燈光，被緊緊地吸引了過來。從故鄉坐火車一路搖晃著，心也搖晃著，就這麼地被拉了過來。」

好不容易在東京闖出一片天地以後，將在鄉下的母親接來東京居住，卻開始面臨母親癌症纏身的苦痛。和母親約定帶她登上鐵塔的允諾，最終也成了未竟的夢想。

東京鐵塔的正式名稱是「日本電波塔」。當年在鐵塔完成前，曾舉辦命名票選活動。在八萬六千二百六十件投票中，最初獲得第一名的名字其實是「昭和塔」。其次是「日本塔」和「和平塔」。當年正是各國太空競爭時代的開始，所以也有人希望叫做「宇宙塔」。此外，由於天皇剛成婚的關係，希望取名「王子塔」的人也不在少數。然而，在最終的定名審查會上，資深媒體人德川夢聲一舉翻盤，認為沒有比東京鐵塔更合適的名稱。於是最終説服了所有評審，決定命名為東京鐵塔。

有趣的是，東京鐵塔這個選項，當年在所有民眾的投票結果中其實是敬陪末座

た

的。只有二百二十三個人選了它，支持率僅占全體的0.25%而已。

五十歲以後的東京鐵塔有了一項小改變。那就是展望台裡固定架立式的投幣望遠鏡自此全部撤除。對登上鐵塔的老東京人來說，這聽來顯得有些失落。雖然他們也知道望遠鏡過度老舊，而且不只有移動性的限制，也經常阻礙遊客的路線。但，大概是想起過去為了爭看遠方而湊在望遠鏡前的青春，總有不捨。

東京的高樓愈來愈多，建築愈來愈密集，再加上全日本的電視放送方式將改為「地上波」的數位化服務，為電波放送服役了五十歲的東京鐵塔，也逐漸不敷使用，略顯疲態。

二〇一一年十二月，有新東京鐵塔別稱的「Tokyo Sky Tree」即將誕生。現在架設在東京鐵塔所放送的電波，將逐漸移轉到更高、承載發射量更大的Tokyo Sky Tree上。而五十歲以後的東京鐵塔，也將卸下電波放送的重擔，完全扮演起觀光景點的角色。

とけい【時計】

時刻を知り、また時間を計るのに使う器機。日時計・砂時計・水時計などがあるが、現在一般的には、おもり・ばね・電気・原子などを動力とし、振り子または天桴や水晶の振動の等時性を利用した機械時計をいう。

——大辞泉

默默的秒針。

我們書寫、攝影、繪畫、愛一個人，被一個人愛。我們試圖藉著自己以外的媒介，用某種形式去感覺到自身在時間軌跡上的存在。

↑我們計算時間，最終也是被時間給算計。

每次經過新宿新南口的南台地，總是會被那間甜甜圈店給嚇一跳。一九三七年於美國創立的 Krispy Kreme 甜甜圈，二〇〇六年在新宿開設日本的第一間店以來，截至目前為止，每天在店門口前仍排有長長的隊伍。

不只一個朋友問過我：「你有排隊買來吃過嗎？」我總是回答沒有。「沒有興趣吃吃看嗎？」朋友常會繼續這麼問。而我的回答也往往會是，「倒也不是沒興趣。只是要我自己去排隊買來吃，好像就沒這個動力。」言下之意就是如果有人願意為我排隊買給我吃，那麼就「不排斥」地吃一吃。

很標準的懶人回答。

每次看見店門口大排長龍的景象，網路上總會有人懷疑，隊伍裡真的全是自動自發來排隊買東西的人嗎？日本人特別迷信排隊，常覺得排了愈多人的店，就是有人氣與口碑的店。之前日本麥當勞推出新漢堡時，就發生了被人拆穿，雇用時薪工讀生排隊衝人氣的窘事。

我則是有好幾次的經驗，和朋友走進一間原本根本門可羅雀的店家時，因為一群朋友人數眾多，感覺起來就像是在店門口排了隊。於是，過不久，路過的日本人

た

也就漸漸地被吸過來排隊了。

排隊跟耐性有關。而影響耐性的關鍵原因，則在於性別、年紀，以及等待的對象。男生，同時對於等待的對象是沒什麼興趣的（人也好物品也好），加上年紀漸長以後，等待的耐性也就會被愈磨愈低。

雖然說排隊是跟耐性有關，其實，更源頭的應該是和「對時間的敏感度」更貼身相關。每個人迥異的成長環境、教育背景、生活習慣和性格，都會導致對於時間的敏感度有所不同。因此，就會發生有些人習慣在約定時間的前十分鐘就抵達現場；而有些人則養成了慣性遲到，也覺得沒什麼大不了。

在東京住久之後，兩地之間的移動，計算通車包含轉車的時間，花上一小時是很正常的事。可是在台北，從捷運南勢角站到淡水站，也不用一小時。所以，回台北搭捷運時，突然覺得台北真是個容易掌握，又節省時間的好地方。

就在夏天回到容易掌握的台北時，我的手錶忽然不聽使喚了。

它不動了。我一直以為這支錶是靠動力而不用電池的，結果那時候才驚覺，我一直誤解了它。

不只如此。當我去換電池時，小姐告訴我，「你每天都讓碼錶跑，當然電池很快就用完啊！」

搞了半天，我始終誤以為時針跟分針上面的那根長針是秒針，結果竟然不是。那是碼表的針。

真正的秒針，是藏在錶面上的另外一個小針。

難怪我始終很納悶，為什麼這支手錶的設計，會讓秒針總在二十四小時以後就會停下來，隔天要繼續按一下，它才會再走呢？老實說，我真的以為這用意是要提醒人，一天又過去了。其實是我一直誤解了它。我每天都在按碼表啊。

原來，時間不只從我身邊靜悄悄地溜走，在每天按下按鍵的剎那，一直也以碼表的行進，在主動計算著我的生活。

即使是對於時間非常敏感的人，一定也會有很多東西，像是這樣，在自己不知情之中默默地流逝吧。

一個人要面對，恐怕太孤單了，所以我們想要書寫，想要攝影，想要繪畫，想要愛一個人，想要被一個人愛。我們試圖藉著自己以外的媒介，用某種形式去感覺到

た

自身在時間軌跡上的存在。

偶爾，我覺得書寫也是這樣的；如此記錄著我。

特別是在定期專欄的書寫中，你永遠不知道，究竟有多少人是真的會每一篇都讀過。當然，這或許也不是太重要。因為，對我來說，能夠在默默的書寫中，不變的站在原地，陪伴過一些人，那便已經是一件值得感到幸福的事了。

像是在我手錶上那退居在後的秒針。

在我不再每天誤按碼表以後，終於看清楚了它的行走。

那一天，我注視著小小的秒針默默地走著，那種固定的存在，在世事多變之中，竟給了我一種陪伴的欣慰。

なまえ【名前】

［1］ある人や事物を他の人や事物と区別して表すために付けた呼び方。名。
［2］氏名。またその名字を除いた部分。

——大辞林

姓名・學。

有一天我們會發現，在親愛的人面前，失去主導權卻依然感到幸福，是一件多麼可貴的事。

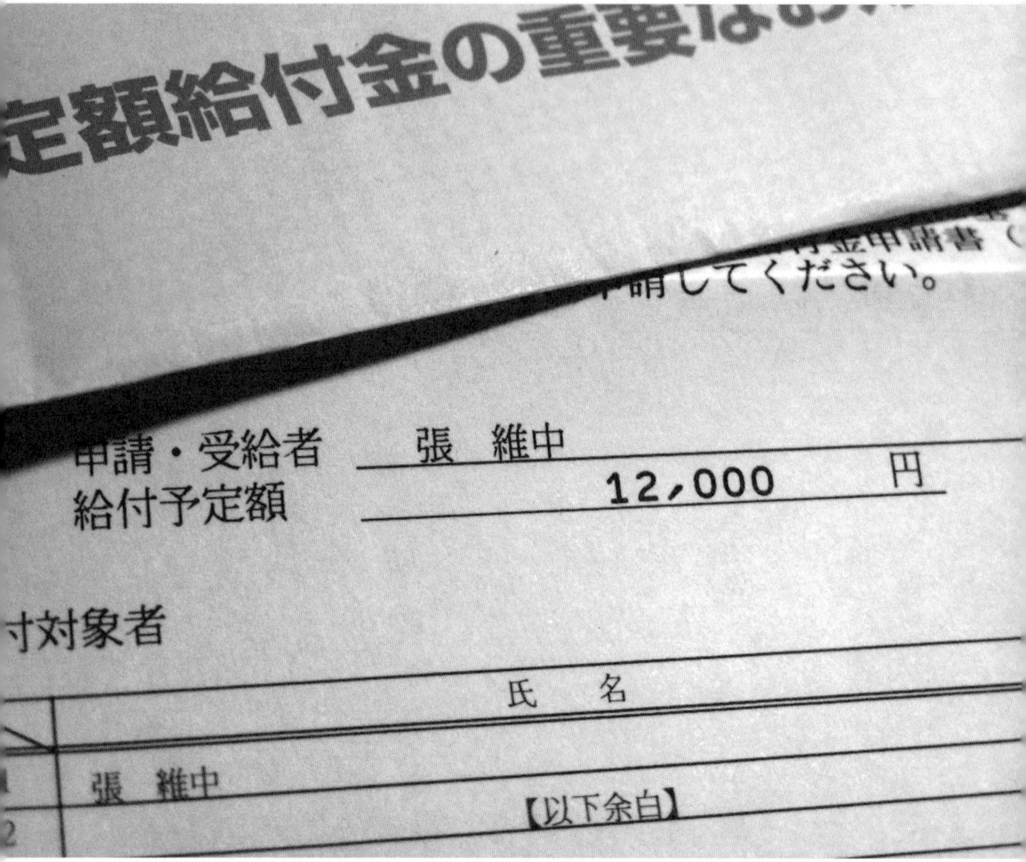

↑類似台灣消費券的「定額給付金」通知單上，我的名字。

最近我缺席了一場大學畢業十年後的同學會。聚餐在台北舉辦時，我人在東京沒有參加，事後與會的朋友寄來了照片給我。我一看照片，竟發現有將近三分之一的人，我無法正確辨認出他們的名字。並不是他們的長相變了很多，也不是我忘記他們曾經是我的同學，而是一時之間喊不出名字來。

認面孔，記名字，然後再將兩者連結起來，我懷疑我腦袋裡的電路板，這一條線路是有點問題的。

本來就不太熟又年久失聯的朋友，忘記了恐怕還情有可原（因此我擅自認定，十年來從來也沒有聯繫過的同班同學，他們應該是很可以體諒對方想不起自己名字來的苦衷）。至於新認識的朋友，不是天天聯繫的，我便常發生面孔與名字兩端斷訊的窘狀。所以我很敬佩那種只見過對方一次，就能夠把臉和名字記住的高手。我始終相信，他們一定是會成就大氣候的那種人。

在來了日本以後，認面孔、記名字和我之間的三角關係，又有了些改變。因為我身邊出現的人變成了日本人。在記憶日本人名字時碰到的挑戰，是抽離前述的時間性的。換句話說，並不是因為時間的長短，而左右記憶名字的難易度。

首先是日本人的名字大多是四個字以上，而且姓氏的重複率不像華人那麼高。再來是當我們見到日本人的名字時，除非是幾個已經熟到不行的日本名字會自然反應出日文讀音，不然多半在腦海裡的浮現的都是漢字的中文讀法。最後，甚至連日本人都覺得困難的，就是日本人的姓名讀音，經常沒有什麼規則可循。比如ゆうき（YUUKI）同樣的發音就可以寫成勇樹、裕記、裕樹、裕貴、有紀、有希、祐紀等等的漢字。因此如果只聽發音沒有文字，通常日本人自己也不知道他是用哪個漢字。反過來說，我們如果看到這幾個名字的漢字，因為中文的念法都不同，所以有時也很難知道原來他們在日文裡根本是同一種讀音。

還有另一種狀況是，在極少數的日本人姓名的讀音裡，會出現一種故事性凌駕語言學的現象。比如，小鳥遊這個姓氏。小鳥是念ことり（KOTORI），遊是念ゆう（YUU），然而小鳥遊卻不是念KOTORIYU，而是念たかなし（TAKANASHI）。為什麼呢？原來，たか（TAKA）是老鷹，而なし（NASHI）是沒有，因此合起來就是沒有老鷹。而沒有老鷹的地方，小鳥就免於被老鷹抓的恐懼，可以安心地在天空中遨遊啦，所以，小鳥遊的念法，要念成「老鷹沒有」。同樣的例子，還有月見里這個姓氏。月見里三個漢字也不是拆開來發音的，而是念成毫無關聯的やまなし（YAMANASHI）。NASHI 同樣是沒有的意思，YAMA 是山，於是可以一直清楚看見月升到月落的地方，在以前一定是沒有被高山給擋住視野的鄉里。所以，可以看見月亮的鄉里，要念成「山沒有」。

但其實，日本人在記我們這些外國人的名字時也是一樣很困擾。遇到歐美人時，日本人的英文發音又不是非常擅長時，簡直要舌頭打結。至於華人，因為不同的漢字可能有一樣的念法，因此，在我上課的班上就發生了一個姓楊，一個姓葉的，日文發音都是念ヨウ（YOU），於是，點名時，若老師只念姓，不念名，常會不知道在叫誰。

姓名在日文裡寫作「名前」，這名前通常指的是姓。因為日本人在一般場合裡呼喚對方時，習慣叫姓，後面再加上桑（さん）或君。熟一點的朋友，才會叫姓氏後面的名字。但因為日本人的姓名字數多，念起來音節也多，他們自己也覺得麻煩。因此同學、同事或好友之間，一定會取好念又好記的綽號。

な

台灣人喜歡取英文名字，到了日本時，若要用綽號，有些人就會用英文名字。這對英文發音很苦惱的日本人來說，有取跟沒取是一樣的。因此，為了做好國民外交，我的綽號就直接用了方便他們發音與牢記的日文名字，理一（リイチ）。

這個綽號我用了一年，好像也沒什麼問題，唯有今年春天，認識了十八歲嗜好喜歡打麻將的堤君時，有了意想不到的狀況。

當他第一次聽到我的名字時，眼睛閃出光芒，興奮地問我「也喜歡打麻將嗎？」那時候我才知道，原來理一的發音近似於麻將中的術語「立直」（リーチ）也就是中文裡「聽牌」的意思。

我對有些字出現在名字時，很迷戀。比如，浩、翔這兩個字，完全沒什麼道理的，只是覺得好像是會飛起來的感覺。

因此，我偶爾滿羨慕有個特殊名字的人。比如曾經遇見過一個採訪我的學生，叫做樸星宇，姓氏跟名字的組合都好美，這名字我一直都記得。

我的作家朋友孫梓評的名字也取得好，感覺就是準備要當作家的。高中時有個同班同學，有個一輩子也很難遇到第二個人的姓氏。他姓買，名字更特別，叫做一修。這姓名一出來，想要不成為焦點都難。另外，我身邊有幾個朋友，中文的名字本身在日文裡也有，像是慶祐、浩志、清盛或信宏。因此念起來，寫出來，就像是個日本人的名字，也挺令人羨慕的。

話雖如此，我從來也沒討厭過自己的名字。父母給予的名字，不喜歡的話，當然也是可以改掉，不過，總覺得那其中必然記錄了當時他們的心境。

反正，這一生我們已經要面對好多惱人的抉擇了，就讓出世以後的第一件煩惱的事，交給我們親密的人給決定吧。

有一天我們會發現，在親愛的人面前，失去主導權卻依然感到幸福，是一件多麼可貴的事。

な

ねんまつねんし【年末年始】

年末：年の暮れ。歳末。歳暮。

年始：［1］年のはじめ。年頭。年初。［2］新年を祝うこと。また、新年のあいさつ。年賀。

——大辞泉

大打折扣。

它被在乎了，被愛過了。那剎那縱使短暫，卻贏過了多少世間男女渴求，卻追尋不到的感受。

↑只要你沉得住氣並且搶得先機，就能撿到便宜。

「大打折扣」這個辭彙在使用時，多半是帶著點負面感受的，唯有在買東西的時候，這辭彙逆轉成正面意義，因為我們總希望折扣是愈大愈好。

東京的百貨折扣戰跟台灣的不太相同。雖然一年當中也會有不少名目的折扣出現，不過，降價的幅度都很小，特惠的時間也很短。很多的折扣甚至不是公開的，只開放給會員。

前陣子，我看上一件喜歡的大衣，本想等到跨年慶時再去買的，後來收到會員電子郵件，告知從幾號到幾號有三天的折扣，於是就決定提前採購。

那一天，走進店裡，沒有看見任何會員折扣的張貼告示，令我有些遲疑。拿起大衣在結帳之前，終於忍不住把手機拿出來再確認一次，真的是今天開始特價嗎？沒錯啊。信件裡寫著只要在結帳時，出示手機裡收到的折扣電子郵件，就會有折扣。在我前面結帳的人也購買類似的大衣，卻因為不是會員就按照正價計算了。頓時兩個人的價差兩、三千日幣呢。

其實要成為這間服飾店的會員，並不需要買到多少金額才有資格，只要透過手機上網，連結到他們家的網路登錄一下就成了。有趣的是店員並不會主動告知顧

な

客「其實你只要現在上網登錄，就可以打折喔」。這種只有你知我知的折扣手法，彷彿是一種神祕的交換儀式，令人覺得既弔詭又貼心。

日本的無印良品也有類似的折扣。不同的是店內會張貼宣傳海報，如果還沒成為會員的話，馬上拿出手機，對著海報拍一下 Barcode 就能登錄。但同樣詭異的是在結帳時，店員也不會主動提醒你是不是會員，可享折扣。

因此，我就曾經發生過明明是因為折扣而走進無印良品，可是結帳時竟然忘了出示手機畫面，最後什麼折扣也沒有的蠢事。事情想起來時，都在回家的電車上了。真是的。

東京最大的折扣季並不在週年慶。主要的折扣季一年有兩次，分別是七月初和十二月底與一月初的「年末年始」時節，時間大約都維持一週左右。其中，年末年始的折扣幅度，又比七月的那一次來得大。

從前，百貨業的折扣戰都很守規矩地從元旦以後才開始，不過，近年來景氣差，折扣戰也從年始，提前到年末開打。

年末年始的折扣，到了一月二日，達到這一波的巔峰。

日本商家對一月二日展開的新年折扣（元旦大多數的百貨都休息）有個專有名詞，叫做「初賣」（初売り）。在台灣某一些日系服飾，簡直是把日幣定價直接當成台幣賣的，價格都掉到日幣三到五折的程度。

台北的朋友今年來東京跨年，第一次體驗初賣的盛況，本來就對日系服飾愛不釋手的他，忍不住驚嘆：「天啊，太誇張了！」

其實，更誇張的是折扣季一過，這些衣服通常又會回到原來的價格，好像什麼事情也沒發生過。

不過，這種情況是少見的。因為很多人早在折扣前就先去看好想買的衣服，甚至試穿過，然後，在折扣的第一天就衝去買。所以，最恰當的尺寸與款式，基本上是不會在衣架上存活下來的。畢竟，全東京的人都要搶便宜啊，還包括外地觀光客，以及我們這些在日外國人哩。

在初賣的期間，你可能會在街上看見不少拉著登機箱的人。他們通常不是旅客，而是住在東京的人。因為要撿便宜的東西實在太多了，不如拉起行李箱，行動更自如。

な

每一年的六月和十二月，東京的百貨商場都流動著一股幽微的氣氛。這個時候來逛街的人都心知肚明，那些新上市的正價服飾，過不久就會折扣的。既然會打折，何必現在買呢？因此無論店員如何舌粲蓮花，商品恐怕都很難賣掉的。

我覺得這種「只要你沉得住氣並且搶得先機，就能撿到便宜」的心態，竟然有一種令人能夠預料未來的成就感。你知道在很多無法預料的世事中，這件事情是一定會發生的，而且你可以掌握。

只要一進入瘋狂折扣期，平常再怎麼井然有序的商家也會變成菜市場。

折扣開始的第二天，我跟朋友在人滿為患的服飾店繼續進行探勘。

在某個轉角，我看見一個人恰好經過了一件落在地上的衣服。他停下腳步，將衣服撿了起來，很仔細地將它掛到衣架上，然後離開。

起初我以為他是店員，後來發現不是。

「他是真正愛衣服的人。」我和朋友轉述了這一幕時，朋友這麼說道。

因為愛衣服，所以不忍衣服孤獨地落在地上。

那件衣服即使最後沒有被人買走，甚至最後回收重製了，我想，它也是值得這一生了。就在地上被撿起來並且掛上衣架的那一刻，它被在乎了，被愛過了。
這剎那縱使短暫，卻贏過了多少世間男女渴求，卻追尋不到的感受。

はなび【花火】

黒色火薬を松脂（まつやに）などで固めて紙などで包み、点火して燃焼・破裂させ、音・光・炎色・煙などを観賞するもの。

——大辞泉

遠花火。

每一樁因緣際會，從來都是一場「遠花火」。再壞再好的痛恨與懷念，都將收納在記憶的川岸。

↑花火照亮了地上流轉的悲歡離合。

不知道其他人到底是怎麼樣的。每到了年末年始之際，雖然對新的一年有所展望，但更多時間會忍不住去回想這一年發生過的事情。

大概是看著厚厚的一本行事曆快寫到了最後一頁吧，常常很不可思議地懷疑起剛結束的這一年，「我真的做過這些事情嗎？這些事情居然已經隔了那麼久嗎？」

最近想起的事情，是回想起今年夏天，一連趕了好幾場的花火大會。雖然說從前到日本旅遊時也看過夏日花火，但從沒有像是今年那樣的頻繁。

整個夏天，光是首都圈內所舉辦的花火大會就有十幾場，而且，一放就至少是奢侈的九十分鐘。

慎重其事的日本人習慣穿著傳統的浴衣服飾去看花火。拖著木屐的男男女女，在極其現代的街道和地鐵站裡雜沓穿梭著，很有一股時空交錯的畫面感。

我常覺得東京這座城市最有魅力的地方，大約就是隱藏在這種微小之處。一條對於傳統的牽繫，一種對於歷史的不願放手，反襯出現代的落差之美。

因為看花火的位置不同，感受自然也是迥異的。愈熱門的花火大會，想要擠到靠近花火施放點的人潮也愈多。

は

去看隅田川花火的那一夜，實在擠不到好位子，最後，停駐觀看的視野恰好被樓房切了一角，還有電線桿來作梗。回家整理照片時，花火掛在電線上，怎麼看，都覺得像是電線走火。

從前的人看花火，自然是沒有這些障礙物存在的。

那時候看花火，不一定要接近施放地點才能見著。遠遠的，在山的另外一頭，或是江河的尾端，就能清晰地見到遠方的火光。

聽說有一群性情中人，特別喜好把距離拉開來欣賞花火。他們稱這樣的花火叫做「遠花火」。

接近花火施放地點看花火，首先會聽到震撼的聲音，然後才見到天空的火光。然而，遠花火卻是被消音的，只剩下了視覺。

這令我十分好奇，那時候喜愛遠花火的人，多半是懷著什麼樣的心境去看的呢？明明是喜歡的事物，卻寧願保持著距離，於是，在萬籟俱寂的夜空下，眼裡看到的和心裡思索的，早已不是花火而已了吧。

隅田川花火起初是為了哀悼在一場大飢荒中喪生的百萬魂靈所舉辦的水

神祭典，在祈禱夏天的順遂之中，同時嚇跑餓鬼，迎接豐收的秋天。在一七三三年施放的第一場花火之後，這片天空曾經閃亮又黯去過多少回。物換星移的川畔岸邊，花火，竟也就這麼持續施放了兩百多年。

抬頭看花火的人總以為火光是稍縱即逝的，花火照亮了地上流轉的悲歡離合。是那麼虛無的。然而，在時間的長軸中，那花火的生命其實延續得比星空下的任何一個人還長久。

看完隅田川花火以後，在回家的路上，我忽然對朋友說：「一年就這麼結束了啊。」朋友納悶地問：「一年？什麼意思？」

我笑了笑，沒有多說什麼。

來年此時，花火依然，而分別與我趕了幾場花火大會的朋友們，都將散落在不同的地方了。那時的我們，將如何想起這一夜的花火呢？

於是明白了每一樁的因緣際會，從來都是一場遠花火。

再壞再好的痛恨與懷念，都將收納在記憶的川岸。偶然想起的時候，只剩下幾朵

は

在腦海的河堤上悄悄綻放的花火。
緲遠而靜謐地閃爍著，濃縮成一顆等待命名的星星。

はつもうで【初詣】

正月、その年初めて社寺に参詣すること。初参り。

——大辞泉

初詣的新希望。

雙手合十，為我所在乎的人們祈禱的當下，我願意相信，這世界上會有另外一個人也正在為我祝福。

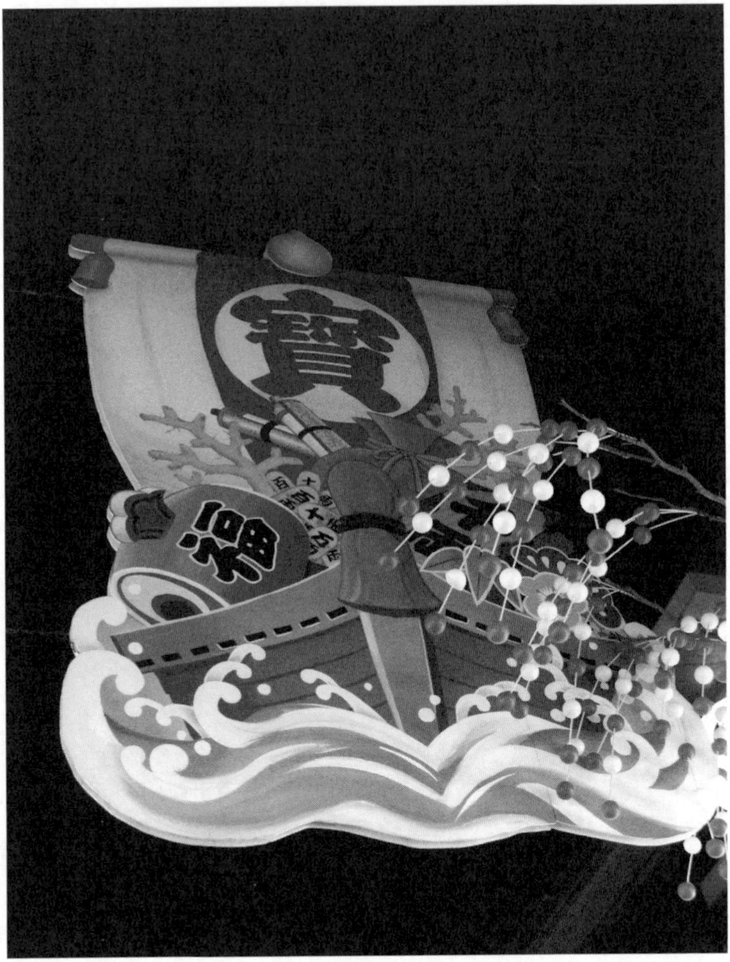

↑老天爺真的能記得住那麼多人的願望嗎？

越過大年初一，就是牛年了。

在東京的我，比台北的朋友們提早迎接了牛年的到來。

華人的生肖更迭以農曆作為時間的劃分，日本卻是以西曆。自從明治維新以後，許多沿襲自中國農曆的節慶，就改制為新曆。於是，每一年在日本的生肖總是偷跑得比中國的快幾步，從新曆元旦就開始算起。

二〇〇九年是我第一次在日本跨年。在台灣時，我覺得元旦跨年跟過農曆年，兩者是迴然不同的。

農曆年前，從公司尾牙開始到大掃除，再到辦年貨和除夕前的返鄉人潮，空氣中瀰漫著一股惶惶然的騷動。那種在迎接巨大的時間轉捩點之前的氣氛，是專屬於農曆過年的。即使元旦跨年時，有各種晚會或煙火秀助興，但刻意彰顯的力道，反而卻凸顯了它的稚嫩。反觀農曆年似乎保持著一股威嚴感，在深不可測的騰空姿勢中，帶著一雙世故的眼。

日本人稱十二月為「師走」。典故是來自於古代神社寺廟裡的和尚為迎接新年到來，灑掃庭園，並四處奔走準備祭祀的物品。師走的東京，到處都擠滿了採買年貨

は

的人潮。

雖然日本人辦年貨，跟台灣人大不相同，可是，我卻也感覺到籠罩著一抹近似於農曆過年時人心浮動的況味。

那一陣子，我走在大街小巷中的人群裡，竟漸漸也有了要迎接農曆過年的錯覺。人果然是一種很容易被集體氣氛更改意識的動物。

每個月的最後一天，日本人叫晦日，十二月三十一日除夕則是大晦日。

從京都來的日本朋友跟我一起在東京跨年。大晦日的這天晚上，我們看完跨年演唱會以後，已經是元旦的清晨一點半了。

離開體育館，順著人潮步行去了原宿的明治神宮參拜。說順著人潮可是一點也不誇張的。因為日本人習慣在大晦日深夜，結伴到神社廟宇去祈福，迎接新年的到來。

在新的一年的起始，第一次到神社廟宇參拜有個專有名詞叫做「初詣」。

明治神宮是東京最熱門的初詣地點。因為人潮實在太多，入社參拜必須順著舉牌的警察順次移動。警察的牌子正面寫著「請前進」，翻過來寫著「請暫停」。從哪個入口進，就從哪個出口離開，全標示了清楚的動線。因此，人雖然多，卻還是能有條不紊地切割成幾個保持距離、以策安全的塊狀隊伍。這大約是台灣大年初一去廟裡「搶頭香」的人們完全不能理解的冷靜吧。

初詣除了拜拜祈福以外，還有一項重要的活動，就是在神社廟宇外，會臨時聚集起許多美味的小吃攤。那些賣著日式傳統小吃，只有在夏日花火會或廟會時才會出現的帳篷攤位，如今成了寒冬裡放送溫暖的大本營。

在冷颼颼的氣溫裡，帳篷攤裡竄出的熱食蒸汽，模糊了人龍、燈籠與賀正的吊飾。看著看著，覺得有些夢幻。彷佛走進古詩詞裡所描繪的，長安城裡歡慶祭典的大唐盛世。

那天，從明治神宮參拜出來時，已是清晨三、四點。原本計畫要接力賽連拜三間的，因為實在太睏了，只好放棄。睡了一大覺起床以後，才繼續初詣行程。

日本朋友說，初詣要參拜三間。於是，接下來的兩天，又去了淺草寺和巣鴨的廟宇參拜。後來，我才知道，初詣在日本的每個地方都有不同的習慣。朋友所謂連拜三間的習俗，原來是出自關西的傳統。無論形式如何，在初詣中感激舊歲，祝禱新年的初衷，是跨越地域而不會改變的。

在日本跨年，回到台灣再過一次年，新年的希望好像也多了一份加持。

雙手合十，為我所在乎的人們祈禱的當下，我願意相信，這世界上會有另外一個人也正在為我祝福。

初出店【はつしゅってん】

初，はつ、初めて。
出店、しゅってん。新たに店を出すこと。
——大辞林

香水漫過冬日街。

我不能忘記，也許是某個慵懶的午後或大雨的夜裡，在消失的桌椅前，曾經的歡聲笑語。

↑無法接受該店風格的日本人，
認為這裡喪失了日本服務精神。

美國人氣休閒服飾品牌 Abercrombie & Fitch（簡稱 A&F）趕在二〇一〇年來臨的前夕，終於開設了亞洲的第一間分店，地點選在東京的銀座。

我其實對 A&F 沒有什麼特別的情感。之所以會注意到開店的消息，是因為在 mixi 上認識的一位日本網友。他住在距離東京有些遙遠的關西姬路城，自稱是個宅男，除了自家前的那條路以外，對其他的地方都很陌生。有一天他忽然跟我說：「最近很想要去東京。因為喜歡的服飾品牌要登陸日本，在銀座開第一間店。」是什麼衣服會讓宅男決定離鄉背井，踏上長長的旅途呢？我立刻上網查了查相關訊息，才知道原來是 A&F 要來東京開店了。

這兩年，愈來愈愛銀座散發出來的內斂和穩重的大人氣味，常一個人在那裡亂晃，探掘巷道裡的新發現。因此，對於有新的服飾品牌要在我的散步地盤內開店了，而我竟然卻毫不知情，多少感到有些不服氣。

於是從那一天開始，我便開始注意起 A&F 的開店消息。

日本媒體對於初次引進日本的國外品牌稱為「初上陸」（はつじょうりく）。至於第一間開設的店鋪則稱之為「初出店」（はつしゅってん）。A&F 的「初出店」選

は

在銀座可是別有用心的。之前來自歐洲的平價休閒服飾H&M的第一間店，也是選在銀座。UNIQLO為了塑造平價服飾不等於廉價，同時積極期望躋身國際名牌，亦刻意選在銀座開設旗艦店。

銀座在東京的地位，就等同於紐約的第五大道，始終有著東京乃至於全日本最時尚且貴氣的形象。因此，許多店面無論是本土品牌或是遠渡重洋的舶來品，即使不是精品店，只是速食店或咖啡館，經常也希望第一間店選在銀座開設。彷彿是帶點迷信的，覺得在銀座開設「初出店」而踏出第一步以後，就有如黃袍加身，之後便一帆風順了。

除了服飾以外，其他像是麥當勞、星巴克、蘋果電腦直營店，這些後來在日本境內開了無數間分店的大企業，其「初出店」都在銀座。

我對A&F的印象跟衣服無關，而是他們比CK更變本加厲的，用一群穿得極少的俊男美女當廣告模特兒。其中特別又以男模居多。那些裸著上半身，只穿著A&F牛仔褲的模特兒，經常令人忘了廣告究竟販賣的是衣服，還是對於青春肉體的耽戀。

A&F當然也深知這是他們的特色。銀座店在開幕前，完全不對跑時尚線的媒體記者透露任何賣場資訊。唯一發布的新聞稿只有每天幾點到幾點之間，店門口將會不定時出現帥氣男模。並且告知開幕以後，這些裸著上半身的男模會在店裡等著你，免費與你合照。完全跟服裝沒啥關聯的行銷手法，不過確實還是引起了大批的媒體報導。

A&F正式開幕後的某一天，我和朋友帶著好奇心去一探究竟。

根本還站在這間外觀裝潢得像是高級珠寶店大樓對面呢，我們已經聞到濃濃的A&F香水味飄散在冬日的大街上。一走進店裡，這味道更是濃得不得了。他們乾脆是用香水取代了空氣清新劑，然後定時噴灑吧。

跟紐約的門市一樣，A&F銀座店也搞得跟PUB差不多。昏暗的燈光（你其實根本看不清楚衣服），重低音的舞池音樂（在這裡要盡量避免跟朋友講話，因為你會拉高音量，喊啞嗓子），還有找來了一群身材高眺的少男少女當店員（看著他們你不得不低頭承認，你確實是上個世紀所殘留的產物）。

這些店員們被要求不能乖乖站著，一定要隨音樂搖擺，塑造一股美國隨性風。不

は

知道為什麼，我看了竟忍不住失笑。在幾個生澀地擺動身子的男孩臉上，盡是藏不住的尷尬。這麼裝 HIGH，實在太難為日本人了。

所幸他們不用脫衣服。脫衣服的只有在一樓，雇來與人合影的男模。店員拿著拍立得相機招攬進門的客人跟男模合影，男模當然也很洋派地不說日文。

「What's going on?」裸身男模像是機器人一樣，對客人說著固定台詞。關於 A&F 店裡的這一切，我的另一位領教過的日本朋友，為此做了一個言簡意賅的結論——那裡不是日本。

我忽然在想，也許我的日本朋友去了台北的誠品書店或西門町或東區街頭時，可能會困惑著以為自己回到了日本。那時候我或許也只好告訴他——這裡不是台灣。

某個夜裡我再經過 A&F 時，店面已經打烊。其他服飾店即使打烊了，還是可以看見櫥窗裡的衣服。A&F 打烊以後卻拉下百葉窗，大門深鎖，除了大樓外觀以外，你什麼也看不見。

走著走著，經過銀座尾端的一個轉角。那是在二〇一〇年來到的前夕，正式退出日本市場的溫蒂漢堡舊址。一九八〇年溫蒂漢堡在日本的「初出店」也是選在銀座。

小時候，台北也有溫蒂漢堡。記得最喜歡吃的就是他們家的烤洋芋。後來，只有到日本時才能再吃到。如今，溫蒂漢堡也從日本消失了。

所有的初出店，終有成為關門大吉的那一天。在台北你所喜歡的那些店，是否還記得他們的初出店在哪裡呢？

我都還記得。即使後來那間店倒了，或是初出店租給了別的店家，我偶爾遇到同好時，會忍不住跟他們說「喔，這裡以前是台灣的第一間星巴克喲！」或是「你不知道這是台灣第一間麥當勞吧？」還有「這間NET以前是一間叫做哈帝漢堡的店喔。你不知道什麼是哈帝漢堡吧？」之類的陳年往事。

當對方露出一種「真的啊！」的驚訝表情時，我知道，那代表我真的已經不是十幾歲的男孩了。

並不是特別眷戀這些店，也不是特別喜歡歷史。

只是我不能忘記，也許是某個慵懶的午後或大雨的夜裡，在消失的桌椅前，曾經有一段我和你們的歡聲笑語。

は

はつゆき【初雪】

［1］その冬初めて降る雪。しょせつ。［季］冬。

［2］襲（かさね）の色目の名。表裏ともに白。冬着用。

——大辞林

明天還會有雪嗎？

如果是很乾淨的雪，是不是真的可以盛一盤雪花冰呢？那我得隨時在家裡準備好煉乳才行。

↑我家前方中學操場上的沾雪的網架。

今年二月，東京特別多雪。

雖然說是特別多雪，其實前前後後總計起來，不過也就是分別下了三天左右而已。然而，對於生在台灣的我來說，即使只下一天的雪，彷彿也值回票價，何況是三天呢。

住在台灣的我們，對於下雪總是充滿了不少浪漫的憧憬。不知道聽過身邊多少人曾經說過，「要是有一天看到雪，會感動到哭」這樣的深情告白。

第一次見到雪，是在多年以前，一場日本關西的旅行。

在寒冷的冬天，我和朋友走在京都清水寺的石坂路上，忽然間一不察覺，天空就落下了細碎的固體。當時以為是雪的，後來才知道那其實並不是雪，而是叫做霙（みぞれ）的東西。

因為溫度跟溼度都沒有到達雪的標準，這些本來應該成為雪的東西，只能變成細碎冰的狀態。由於重量過重，霙在空中是不會飛舞的，就像是下雨那樣的落下，還沒到地上之前就扼腕地變成了水。

前年搬到東京住的時候是春天，錯過了下雪的季節，因此直到去年一月底，才真正遇到了東京的「初雪」。

日本人稱每一年第一次的降雪為初雪（はつゆき）。東京一整年當中，下雪的日子寥寥可數，可能不超過三天，因此，對於初雪也就特別敏感。

猶然記得初雪的那一夜，本來只是要下樓丟個垃圾的，一推開門，忽然覺得路燈下飄落的東西十分陌生。那滑落的速度並不像是雨，我愣了愣，仔細一看，才驚覺是下雪了。特地去下雪的地方旅行看雪，跟雪下在自家門前，是不同的感受。我當下立即衝回屋裡拿出相機，連拍了好幾張深夜裡模糊的雪景。

那一年見到的雪，叫做「溼雪」。比「霙」進化了一點，但由於濕度仍高，因此仍然沒有想像中白雪飛舞的景象。

一年以後，我搬到另外一區，我的日本朋友住在這一帶，告訴我，這裡是東京都內，冬天最冷的幾個地方之一。

果然，今年二月的幾場雪，完全印證了此地的氣候特徵。

二月的初雪，從深夜下到隔天清晨，住家周圍的積雪厚度，確實比其他幾區都來得多。別人可能覺得麻煩，我則是又有種賺到了的感覺。

這場雪，一點也不馬虎，道道地地展現了雪的性格。

潔白的雪花從天而降，輕飄飄地隨風飛舞，堆積在地上是那麼的鬆軟，用手一把掌住，頓時真有想要吃下去的衝動。

如果是很乾淨的雪，是不是真的可以盛一盤雪花冰呢？那我得隨時在家裡準備好煉乳才行。或者該買黑糖更好一點？草莓果醬也不賴吧。

這一天以後，我開始期待，明天還會有雪嗎？

終於，一個星期以後的某一天，氣象報告說，深夜時，東京可能會再降雪。

那天晚上，愈接近子夜溫度就愈低。感覺上差不多就是上星期下大雪時的氣溫了。MSN 上的台灣朋友看見我掛著關於雪的暱稱都問我，雪到底下了沒？

「還沒哪，應該快了。我來看一看。」

好像在等待什麼野生動物出沒的心態，我三不五時就會跑到冰冷的落地窗前，望一望遠方的路燈下，是否映照出下雪的蹤跡。

推開窗，外面的空氣冷冽得像是冰庫一樣。怎麼還不下呢？我有點焦急。

忽然間，覺得自己有點好笑，居然傻傻的等起雪來。

過了凌晨一點，直到上床睡覺時，那一夜，雪還是沒下。

早上，氣象報告又修正預報，說雪是隔天接近清晨時才有可能下。結果，當天晚上到隔日清晨，也只是逼近下雪的臨界點而已。

東京的通勤族對於沒在通勤時間下大雪，看來是有一種鬆了口氣的感覺。因為大家都擔心交通大亂，會耽誤上班或上學的時間。

然而，對於生在南國的我們來說，沒等到雪，可是挺失望的。

雪沒有來，來的是跟雪同樣靜悄悄的大年除夕。

日本人不過農曆新年，東京的這一天，自然也沒有年節的氣氛。

然而，我的心裡有個時鐘，是能夠感覺得到的。

在千萬人的首都圈裡，比起許多人來說，我平凡得不能更平凡。可是，這一天，當我心裡湧起「就要過年了啊」的念頭之際，彷彿在日復一日、茫茫人海的新宿街頭，我便有了些與眾不同。

過年前，原本和台灣的朋友心園約了除夕去橫濱的中華街吃飯，但心園說「除夕應該要圍爐啊」，我想想也是，於是，最後便決定請她來家裡吃晚飯，當作是身在異鄉的雙人迷你年夜飯。

一大早起床，在冰冷的房間裡煮了熱騰騰的咖啡，計畫著待會兒去超市該採買些什麼食材來料理年菜。

喝完咖啡，拎著剛洗滌好的衣服，準備拿到陽台晾乾。一推開落地窗，發現天空比想像中來得陰霾，像是快下雨了。才剛剛掛出去的衣服，只好又收進來。

在台北的我媽，這時候應該也正忙著做年菜吧。而老爸，今年可是第一次在天上吃年夜飯呢。

一晃眼就過了七個月。已經熟悉了新環境的他，今年也許是跟從前的同袍一起圍爐吧。菜色好嗎？我大約可以想見，他會忍不住抱怨菜色很差吧。然後，在那一刻，他應該會想起家裡的年夜飯。

我抬起頭望了望遠方，就在關起窗的剎那，除夕的天空竟毫無預警地飄下了零星的雪花。

は

へいせい【平成】

《「春秋左伝」文公一八年、あるいは「書経」大禹謨、「史記」五帝紀にみえる「地平かにして天成る」「内平かにして外成る」から》わが国の、現在の年号。1989年1月8日改元。

——大辞泉

平成寶貝。

平成寶貝縱使玩樂優先，個性鬆散，大概也還是有我所不明白的成長困境吧。就像是我的世界，其實也超乎他們的想像一樣。

↑從學校教室大樓的屋頂上張望的新宿。

早稻田大學的進修課程結束以後，二〇〇九年四月起我開始在原宿的一間設計專門學校通學。一晃眼，就到七月。不久以後，居然就要準備放暑假了。

之前在早大校園裡上課的外國人多是大學畢業生，一起參與課程的日本學生也至少有二十歲。然而，現在這間學校的同學，幾乎全是高中剛畢業的年輕孩子。年紀最小的只有十八歲。他們占了全班的最大宗。

我私下暱稱這些孩子們叫做，平成寶貝。

他們是日本平成年出生的 Baby。

平成是從一九八九年一月八日開始計算的年號，接替裕仁天皇的昭和。也就是說在一九八九年平成元年出生的寶貝，迄今最小也都是二十歲世代了。他們漸漸地踏入日本社會核心的入口，是即將影響日本未來的接班人。

剛和這群平成寶貝接手時，坦白說，我有點不適應。

我想，不是年紀落差的關係，而是學生的本質不同。剛從早大離開的我，有點轉換不過來。差不多年紀的兩校學生，氣質確實迥異。這麼說好像挺不政治正確，也太知識分子了一點，可是我思考了很久，不得不承認這一點。

は

坦白說，因為他們本來就不太喜歡念書，所以捨棄進入較偏學術領域的大學，進入類似台灣的職業學校裡，接受兩到三年的專門職業訓練。畢業以後，就在專門的領域中就業。

適才適所，各揮所長，其實是一件好事。也許這便是讓日本這個社會，能分工專業的原因之一吧。

即便如此，仍無法抹滅平成寶貝在氣質上的差異。

班上不包括留學生，共有六個日本人男生。幾乎每個人都是大菸槍。只要一下課，一定要衝下樓哈一根菸提神。

有一次，跟這幾個男生一起進行校外街拍課題作業。照片是沒拍多少，二手菸倒是抽了很多。他們的路途，是以街上的吸菸處來計算的。走沒幾步路，看到吸菸處就必須哈一根菸補充養分。

一起吃飯時，必然就是坐吸菸區的。剛開始我常和他們一起去吃午飯，後來為了不想客死異鄉，只好避免。

平成寶貝的男生們還有一個最大的特色，他們都非常巨大。幾乎每個男生都有一百八十公分。

這些人真的是日本人嗎？跟他們走在一起，就算我看起來不像三十歲，但一比身高，馬上就能看出我是前一代的機種。我只好安慰自己，應該對人類的進化感到欣慰。

十八歲超過一百八十公分的堤君，是個很皮也很吵的男生，但也是最天真的。電腦課時，他固定坐在我旁邊。

他第一次上課，就遲到了。老師要大家打一小段文字，他痛苦地哇哇叫。我告訴他，你就寫一段自我介紹就好了。於是，他便寫下興趣是打麻將跟睡覺。自我期許則是，做個不遲到的男人。遺憾的是，下次上課他遲到更久。

昨天，他一整天都沒來。到了下午，最後一堂課的下課前十分鐘，他竟然現身教室。他一坐下來，電腦都沒開，仍睡眼惺忪。

「你為什麼會來這裡啊？」我揶揄他，並幫他打開電腦。

「咦？對啊為什麼？我也不知道。」他傻笑地回我。

然後，從背包裡掏出一粒籃球，丟給身後的同學。又翻過來對我比出一個戰鬥的

は

手勢。原來，他是為了下課後打籃球而來的。

一副 Fight for Fun 的姿態。

未來，也能繼續這麼保持玩樂地戰鬥下去嗎？我不禁這麼想。

最近，不知道是不是夏天的關係，家裡附近的烏鴉變得好多。嘎嘎嘎地叫著，不注意時還好，一注意起來就糟糕了。簡直沒完沒了。

大概因為在看村上春樹《1Q84》的緣故，於是最近看到這些烏鴉時，總會想起他的另一本小説《海邊的卡夫卡》裡叫做「烏鴉」的少年。

《海邊的卡夫卡》處理的成長困境，讓我在想，我的那些平成寶貝，縱使玩樂優先，個性鬆散，大概也還是有我所不明白的成長困境吧。就像是我的世界，其實也超乎他們的想像一樣。

縱使如此，兩條平行的故事線，竟也像是村上春樹擅長的敍事線，意外交會了。

べんとうだんし【弁当男子】

とは、自分で弁当を作って会社に持って行く独身男性のこと。より広義に「自分で弁当を作る男性」とする見解もある。

——フリー百科事典『ウィキペディア』

便當男子。

打開便當盒的刹那，偶爾會想起以前中學時代輪到當值日生時，得負責抬著全班同學的便當往返蒸飯間的畫面。

↑便當男子最大的敵人是，懶惰蟲。

景氣持續低迷，不知道會到什麼時候才反彈好轉。

在此之前，為了開源節流，許多生活的方式也不得不跟著改變。比如說，過去在日本的上班族，會自己帶午餐便當的幾乎只有OL（Office Lady），或者是由老婆幫忙打理便當的已婚男性。

然而，近來單身男性也開始帶起便當來的比例卻大幅增加了。這個族群被稱為便當男子（弁当男子）。他們改變了午餐到外面餐廳用餐的習慣，其中一個最重要的原因就是，景氣實在太不好了，能省就省。

我和許多日本人一樣，對於日本單身男子飲食方式的既定印象，不外乎是經常上松屋或吉野家這類型的牛丼店，不然就是在辦公室附近的車站裡外，那種門口擺著餐券自販機，而且多半是女性不會光顧的食堂中，匆匆解決一餐。當然，還有去便利商店買微波便當。因此，這些人感覺上，怎麼也跟料理便當連結不上關係。

但，確實，便當男子正急遽增加中。生活雜貨店東急手做過一項統計，發現近來男性來買便當盒的顧客占了最大宗。而便當男子買的便當盒，跟女性顧客的要求很不一樣。他們會買的便當盒就是簡簡單單的，並不需要女性喜歡用的多層式

は

便當盒，又或者盒內有講究至極的分菜隔板。甚至很多男生，乾脆就只買密封保存盒來當作便當。

便當男子形成的主因除了景氣太差以外，環保（ECO）也是少數人的考量。

你可能不知道每吃一個便當，便當盒就會製造 0.48 公斤的二氧化碳，更何況是吃完飯以後剩下的便當盒。日本人愛便當，又愛包裝，再便宜的便當，美麗的便當盒也是絕對不會省略的工夫。想一想，每一天只要一過中午，全日本就會多出千萬個以上的便當盒垃圾，確實也挺驚悚的。

但據說，便當男子帶手工便當到辦公室用餐，還能達到一個預期外的目的。那就是，提升自我形象，進而增加人氣。在同事眼中，馬上從一個宅男候選人，晉升到細心又有質感的新好男孩，而且還為了地球溫暖化如此國際觀的問題盡一份心力呢。

來日本以前，有一小段時間，我在某間新進的公司上班時，曾跟著同事學習帶起便當來。只不過，那時候便當裡的飯菜跟我本人沒什麼直接的關係。

它們跟我媽比較熟。我僅僅是把家裡前一晚的飯菜裝進去罷了。正當我在想，或許自己也可以動手學做便當之際，我卻自覺我還有比待在那裡吃便當更重要的事要做，於是我便辭職了。到了下一間公司，因為地點在忠孝東路四段最繁華的商業街裡，實在附近有太多好吃的東西了，完全沒有理由說服我自己帶便當，於是便當盒也就從此束之高閣。

來到東京以後，我開始過起一個人的公寓生活。有時晚餐會在家裡自己料理，因為煮的份量一餐也吃不完，於是，便動起了中午帶便當的念頭。這下子總算堂堂正正做起了便當男子。

便當男子的日子，確實也持續了好一段時日。有幾次，還不到中午，我就很餓了。要是那天帶的便當，恰好是我前一晚晚餐時特別喜好的菜色，竟然還會忍不住開始期待起來。

我在打開便當盒的剎那，偶爾會想起以前中學時代輪到當值日生時，得負責抬著全班同學的便當往返蒸飯間的畫面；還有那短暫卻特別的上班族便當生活。然後，又在闔上便當蓋的瞬間，回到了現實的東京世界。

一個便當能裝進去的東西，原來是那麼的多。

white day【ホワイトデー】

バレンタイン‐デーにチョコレートをもらった男性が、そのお返しに女性へ菓子などの贈り物をする日。３月14日。

——大辞林

逆轉巧克力。

帶著一點點的叛逆，一點點的戲弄與俏皮，逆轉了情人節傳統的況味。

↑錯愛的人也能逆轉嗎？

三月十四日是「ホワイトデー」白色情人節。二月十四日的情人節才一剛過，日本街頭巷尾利益掛帥的商家，便立刻如火如荼地準備起白色情人節的商品。

情人節的傳統緣起於西方；白色情人節則誕生於日本。跟西方國家不同的是，日本人在二月十四日情人節的這一天，習慣上是由女性送巧克力給欲告白的男性對象。收到巧克力的男性，則會在三月十四日回送巧克力給女性。

白色情人節的「習俗」其實完全出自於商業運作。一九七七年，日本福岡市的甜點店石村萬盛堂，為了促銷旗下一款白色糖果，開始鼓吹收禮的男方應在下個月回禮，藉以傳達對女方的心意。後來，巧克力廠商看中此一商機，趁勝追擊，才漸漸形成了這股潮流。

日本人愛好專業分工的性格，亦展現在情人節的巧克力上。巧克力因為情人節和白色情人節的關係，被賦予了幾種不同的意義。比如，送給心儀的對象，充滿愛意或告白行動的巧克力叫做「本命巧克力」；來自於學校同學或公司同事之間，純粹友誼的巧克力則稱作「義理巧克力」。

但，弔詭的是情人節也好、白色情人節也好，明明是情人過的節日，為什麼還會

は

冒出友誼巧克力來呢？想必也是巧克力商家所想出來的把戲，可以藉此多賣些巧克力吧。

然而，因為有了義理巧克力的存在，單身男女在情人節彷彿也獲得某種心靈的撫慰了。畢竟沒有情人給的巧克力，至少還有朋友的。

不幸的是，二〇〇九年的二月十四日跟三月十四日，兩個情人節都落在星期六。這讓不少日本單身男女感到大為失落。因為，星期六既不上班也不上學，能收到同事或同學相贈的義理巧克力的機率就大大降低了。

日本網站在二月份做了一項問卷調查，針對送出巧克力的人，期待對方回禮的狀況。送出本命巧克力的人，有67.5%內心都期待收到回禮的。送出義理巧克力的人，則有41.4%期待回禮。至於期待怎麼樣的回禮呢？期待本命巧克力回禮的人58.6%認為心意大於一切；期待義理巧克力回禮的人顯然實際一點，41.3%的人認為至少要跟送出去的巧克力是等值的商品。

果然，沒有了愛情，什麼事情也就會現實了起來。

雖然知道這類型節日，大多充斥著商業色彩，但我覺得日本人最為有趣的地方，就在於縱使他們是要賺你的錢，仍會絞盡腦汁地發揮創意，在商品本身、廣告行銷與流行文化上，翻轉出不見得實用，但絕對有趣的東西。

像是這兩年情人節的話題新商品「逆轉巧克力」。

所謂逆轉巧克力，就是把巧克力包裝盒上的圖片與字樣，全部相反印製。

我第一次在商店裡看到這巧克力時，確實吃了一驚，還以為是包裝盒印刷錯誤了。原來，那是巧克力廠商刻意印反的。

限量推出的逆轉巧克力，目的是要「逆轉」在情人節當天是女性送給男性巧克力的傳統。也就是說，在二月十四日當天，男性也可以「逆向操作」送給女性告白的巧克力。

然而，逆轉巧克力在推出之後，原先的用意卻開始有了一些悄悄的變化。據說這逆轉巧克力在日本同志圈流行了起來。因為不管是二月十四日或三月十四日，兩個節日關注的都是異性男女，跟同志無關。逆轉巧克力的誕生，帶著一點點的叛逆，一點點的戲弄與俏皮，逆轉了情人節傳統的況味。

回想起我這輩子第一次收到情人節的巧克力，是在我的高中時代。一盒金莎巧克

は

力。在那懵懂的年代，收到金莎就已經覺得高級。

那一盒巧克力，我在保存期限內慢慢吃著，很不捨得。心型的塑膠盒我迄今仍留著，只是，放在我一時也想不太起來的某個抽屜裡，並且，塞了一堆事實上我十多年來也從沒去翻過一次的雜物。

まなつび【真夏日】

最高気温がセ氏三十度以上の日。

——大辞泉

夏日氣氣。

每個人或許都曾經像是在岸邊，看著許多的夢想漂浮在河流上。等待某個契機，跳上去，流往想去的前方。

↑國民飲料，寶礦力水得。

二〇〇九年的東京什麼都提早了一點。前一年五月才開的杜鵑花，今年四月就盛開。應該七月才衝到三十度的氣溫，竟然不到六月，就已經把持不住。

這兩天東京趕上了台北，已經有種真夏的姿態。

在這種身體燥熱起來的季節，我時常會想喝起兩種飲料。一種是可爾必思；另一種是寶礦力。當然，一定都得是沁涼的，而且要加了冰塊的才行。喝的時候要輕輕搖晃玻璃杯，聽見冰塊撞擊在杯子上的清脆聲響，好像窗邊的風鈴。

可爾必思跟寶礦力都算是日本的國民飲料。而寶礦力因為跟人體體液接近，能迅速補充水分跟電解質，好像又更受到青睞一些。

傳說當時大塚製藥研發寶礦力的由來，確實是在醫院看到有打點滴的人，直接把點滴拿起來喝以後，問了醫生才知道葡萄糖竟然也能當飲料。這傳言不知道是真是假。不過，從此以後，寶礦力能振作虛弱身體的印象，就深植日本人心。出國旅遊時，比較擔心水土不服的他們，常常會攜帶沖泡式的寶礦力在身邊。

寶礦力的藍色瓶身跟廣告，總讓我覺得很夏天。

二十多年前，寶礦力上市的那個年代，日本沒有任何一種食物的包裝是用藍色

ま

的。因為大家都認為，食品的包裝應該配合食物的顏色。而在天然的蔬果肉類中，幾乎沒有本身就是藍色的東西。結果，逆向操作之下，藍色的瓶身廣受歡迎。讓運動飲料跟天空、水等健康的概念，連結起來。

至於廣告，也有個特色。寶礦力廠商特別偏愛剛出道還沒有大紅大紫的新人。廣告選用的歌曲也是。早期甚至連歌曲是誰唱的，都不會打出字幕來。然後總是受媒體影響很大的日本人，就會四處詢問究竟是誰唱的。若去唱片行詢問，店家便會反問，哪一首廣告歌？所有人就不得不說：「就是最近寶礦力廣告的那一首歌。」就這樣，一舉兩得，寶礦力跟新人的知名度都大增。

在東京這種資訊爆炸的地方，樂壇也好、文壇也好，自然是新人輩出。愈進步的地方，新鮮感的標準也就愈高。每一年總會有許多的看似搶眼的新人冒出頭來，但沒兩年就黯淡的例子不勝枚舉。

縱使如此，永遠也有新人希望出道。

每次走過新宿車站東南口，在廣場上看見那些街頭演唱的日本年輕人，努力地希望擴展知名度時，一方面覺得他們堅持著夢想真是件好事，另一方面也在想，出名這件事情，對他們而言的意義究竟會是什麼？像安室奈美惠這種跌到谷底又翻紅，或是村上春樹這種一直暢銷並且受到學術肯定的人氣王，二十年也很難再出現一個。

我忽然想起，認識的一個大學生年紀的男孩跟我說過的一段話。

「我希望你不要太紅。」

他是看過我的書的。這話聽起來顯然就是有前因後果的，好奇寶寶的我於是便問了他為什麼。

「你是氧氣系作家。既然是氧氣系的，太多人一起呼吸，就會缺氧了。」

這大概是我出書以來，聽過最微妙的說法。比起以前有文壇前輩當面指責我出的書，是把得過的獎座往垃圾桶裡丟，有創意多了。

在氣溫衝破三十度的這個東京午後，我在陽台上曬起棉被，翻著張愛玲《小團圓》時，感覺一條時間的河從眼前流過。

我在想，每個人或許都曾經有過一段日子，像是在岸邊，看著許多的夢想漂浮在河流上。等待某個契機，跳上去，流往想去的前方。然而，真正能漂多遠、多久，誰也不知道。縱使是說過「出名要趁早」的張愛玲，都不能預料。

棉被翻了面，天空還是那麼的湛藍，氣溫也依然炎熱。突然覺得這樣的東京午後，窗檐上還滿適合掛上一串風鈴來的。

我決定下樓去買一罐寶礦力。在此之前，就先用冰塊撞擊杯子的聲響，冰鎮一下真夏的炎熱吧。

むらかみはるき【村上春樹】

［1949～］小説家。京都の生まれ。処女小説「風の歌を聴け」でデビュー。「世界の終りとハードボイルド・ワンダーランド」で谷崎潤一郎賞受賞。「ノルウェイの森」は空前のベストセラーとなる。他に「羊をめぐる冒険」「ねじまき鳥クロニクル」「海辺のカフカ」など。平成18年（2006）フランツ゠カフカ賞、フランク゠オコナー国際短編賞を受賞するなど、海外でも高い評価を受けている。

——大辞泉

麻煩您了！村上春樹

我總是會積極地提醒自己，身邊那些依然存在的，不變的人事物，是件多麼值得感激和珍重的事。

↑新宿紀伊國屋前的重點賣書攤位。

任何一篇試圖以村上春樹為主題的文章其實都是錦上添花。這篇自然也不例外。同樣的，任何一部村上春樹的小說都有數不盡的讀後感和評論，再多一篇也顯得天經地義。然而，即便是如此，我仍然有很大的欲望想要寫一寫村上春樹。

嚴格說起來我不算是個死忠的村上春樹迷。但從大學時代開始，陸陸續續也就這樣將他的作品一路看了下來。甚至《1Q84》在日本甫出版時，我竟也去買了原文版追讀。因為村上春樹，確實是影響著我的大學時代。

我是一九九四年進入大學的。村上春樹的作品差不多也是在那幾年，開始有系統地被大量翻譯。學校裡有個社團叫做文研社，全是聚集了愛好讀書與創作的學生。我在這裡耳濡目染，跟著讀起村上的小說。許多人的創作以及校內的文學獎，開始瀰漫起村上的味道。描寫的主題、人物性格，或者是說話的筆調。其實不只是我們，那幾年台灣的文學獎都常見村上的分身。特別是校園文學獎。

讀村上春樹的作品也是我對日本產生興趣的原因之一。我喜歡在旅行時，對照看過的劇集、讀過的小說。走到某些故事裡提到的場景時，總會特別有感覺。對於早稻田大學最初的印象也來自於村上春樹。這是他念過的大學。我第一次來到早稻田大學時，是一趟秋天的旅行。那時原本是為了搭乘侯孝賢導演、一青窈主演的電影《珈琲時光》裡的荒川線路面電車，結果，懵懵懂懂地在早稻田站下了車，踏進還在放暑假的校園。飄著細雨的午後，校園裡沒什麼人，顯得有些寂寥。「啊，這就是村上春樹念的大學呢！」我和同樣喜好村上小說的朋友忽然想起。寂寥忽而也轉化成了熱鬧。那時候，我當然沒有料到有一天我也會到早稻田來。在早大進修日文的這一年，我還去了村上春樹住宿過的宿舍和敬塾，想像又有多少在未來可能大放異采的人，在此臥虎藏龍。

大部分的人喜歡上村上春樹的作品，約莫皆是從《挪威的森林》或《遇見百分百女孩》開始的。《遇見百分百女孩》的原書名其實是《看袋鼠的好日子》。我覺得改成這個中譯名，多多少少也打中了台灣人愛好抒情氣氛的性格。無論如何《挪威的森林》也好，《遇見百分百女孩》也好，主題都是比較偏向愛情的。這與村上春樹後來許多寫作技巧更為傑出的作品，所關心的主題都不太相同。不過，一提起村上春樹，自然還是會立刻連結到這部賣翻天的《挪威的森林》。日本最近做過一項「我最愛的村上春樹小說排行榜」調查，第一名是《挪威的森林》，其次是《海邊的卡夫卡》《發條鳥年代記》《尋羊冒險記》和《聽風的歌》。只能說，愛情，果然還是跨越國籍，所向無敵的。

不過，我最喜歡的村上作品卻是《萊辛頓的幽靈》這部短篇小說集。我覺得這部集子裡的每一篇小說都很精彩，有著清楚而獨立的面貌，直指各種人心。

隨著二〇〇九年五月底發行的長篇小說《1Q84》在短短一兩週就熱賣百萬本以後，《挪威的森林》也跟著再賣一輪。八月初這部小說在日本國內，已正式突破一千萬零三千四百本（上下卷合計）。這是日本文學史上難以動搖的暢銷紀錄。二〇一〇年秋天，松山健一主演的電影版上映後，估計這銷售數字又可望再直線攀高。

《1Q84》熱賣以後，日本開始出現一些有趣的周邊效應。與同樣喜歡看書的日本朋友，很自然的在那段時間會以「看過書了沒？」作為彼此的問候語。電視上的機智問答節目，也以村上春樹作為考題。綜藝節目主持人被問到，「你最想請到並且挑戰的來賓是誰？」有人的答案就是村上春樹。

在書店裡，一時之間《1Q84》出現了許多「隨扈」。只要是能跟《1Q84》或村上春樹扯上關係的東西，每一家書店都會將它們擺在《1Q84》的身邊。

因為《1Q84》是以英國作家喬治．奧威爾（George Orwell）的科幻小說《一九八四》變名的，因此《一九八四》日文翻譯本也推出新譯本，跟著熱賣起來。

同樣的，在《1Q84》裡多次提到的俄國小說家契訶夫的散文《庫頁島》也像是左右護法一樣，站在身旁。甚至是小說裡寫到的管弦樂曲CD，《Bartok的Concerto for Orchestra與Janacek的SINFONIETA》也跟著大賣。唱片公司的主管接受媒體採訪時，簡直要哭了。抱著一種「感謝村上」的口吻說，「這張唱片賣了幾年也沒賣過兩千張。現在不過才一兩天，就再版了一萬張。訂單還會再增加的！」

最有趣的是許多搶不到村上小說的出版社，這時候就使出了出版界的賤招——魚目混珠之搭順風車。比如，首先出現了一本令我差點以為是《1Q84》換了書封的書《村上春樹1Q84大解讀》，由署名「村上春樹研究會」的名義出版。不久，又出現一本如法炮製的《村上春樹1Q84該怎麼讀呢？》由河出書房出版。甚至，連原本與文學無關的雜誌，也開始製作起相關的特集。《b*p》雜誌邀來《挪威的森林》

電影版女主角菊地凜子擔任村上特集代言人。特集裡報導的面向不限於日本，還跨海採訪了在台北，以村上小說為名的咖啡館「海邊的卡夫卡」店長，也就是樂團1976的阿凱。

我在台灣從未見過一位本土小說家的影響力，是如此廣大的。村上春樹對於日本人而言，地位就像是動畫界裡的宮崎駿一樣，已經是種集體記憶或像是一種該被保護的公共文化財了。

過去讀村上春樹的小說都是讀中文翻譯本。這次迫不及待地讀起《1Q84》日文原版，有些不同的特別感受。不是文學上的，而是語文上的。我覺得村上在說故事時的腔調，真的有一種引人入勝的魔力。從中文回歸到日文，那種力量自然是有增無減。村上的思考很天馬行空，但是在敍述上卻是相當嚴謹的。因此對於一個並非以日文為母語的外國讀者來說，看他的東西，就很能夠進入狀況。相反的，若是去讀邏輯和敍述上很碎裂的作家作品，常會不容易看得懂那些日文。

就在《1Q84》出版不久之後，有一天晚上在東京的街頭聽著iPod裡的國語歌，突然覺得一些喜歡的歌手，現在都不唱了呢。

ま

好像不少喜歡的作家也是，這些年來寫得也少了。然後，我突然意識到，村上春樹都六十歲了呢。不是前幾年《海邊的卡夫卡》出版時才在說，五十歲的村上藉此回顧了青春成長之類的嗎？如今，竟然已經六十歲了。

創作速度不算快的他，在接下來的十幾年，還能讓我們讀到多少部作品呢？三十歲以後的我，似乎很容易就因為一些小事而感傷起來啊。不過在這些感傷之後，總還是會積極地提醒自己，身邊那些依然存在的，不變的人事物，是件多麼值得感激和珍重的事。

所以，村上先生，可以的話，在這個動盪的世界和無常的人間裡，請盡量努力不變的，多說些好聽的故事給我們吧！麻煩您了！

やまのてせん【山手線】

東京都、品川から新宿・池袋を経て田端に至るJR線。全長20・6キロ。また、東海道本線・東北本線に乗り入れて、田端・上野・東京・品川を結び、環状に運転される電車線の通称。1周34・5キロ。明治18年（1885）品川・赤羽間の開通に始まり、昭和47年（1972）池袋・赤羽間を赤羽線として分離し、名称も「やまてせん」から改めた。

——大辞泉

東京的掌心。

真正憂傷的事情並不是光景的消失。真正令人悵然的，是在許久以後，你發現你在乎的東西，那時候竟渾然不覺地每一天與它擦身而過。

↑慶祝山手線命名百週年的百圓飲料。

東京有一條環狀鐵路叫做山手線，圍繞著都心內最重要的幾個地區，可謂是東京的大動脈。這條不可停擺的鐵路共長 34.5 公里，電車走一圈約需六十分鐘，每天從早到晚運輸著來自世界各地上百萬的人，永遠都沒有冷場的一刻。

山手線起初並不是環狀的。最早的一段鐵路是從品川站開始的，那一年是一八七二年。當時還不叫做山手線。一九〇九年這條鐵路正式命名為山手線。不過，等到鐵路真正繞成一圈，形成「環狀山手線」則又是十六年後也就是一九二五年的事情了。

二〇〇九年是山手線命名一百週年。為了慶祝命名百週年，前陣子舉辦了許多活動，比如像是與明治巧克力合作的「限定版」山手線，將原本是綠色的車廂變成非常復古的咖啡色，在一定的期間內行走於環狀軌道上。另外，除了販賣周邊產品以外，車站內的食堂與超商為了呼應一百這個數字，還在特定的日子挑選商品，以特惠一百圓的促銷來共襄盛舉。

我始終很喜歡山手線這個名字，覺得聽來可愛又充滿畫面感。其實這名稱的由來也是很有故事性的。

東京在地理上是個結構起伏很大的地方，所以許多地名都跟地勢有關，比如代官山、涉谷、雜司谷等等。

山手線途經之處幾乎都是地勢較高的地方。原因是當年要建鐵路時，地理上最適合的平緩地帶，多是開發得較早而且人口過度稠密的老城區，因此要在這裡建鐵路有一定的困難，最後不得不才選擇了地勢較高的地區架設鐵道。

攤開東京地圖，錯綜複雜的河川交織著，就像是掌紋，因此有了「手的河川」這個意象。相對於手上的河川，山手線走過的地方自然就是「手上的山」了。只不過，誰也沒想到，當初挑選人口較為稀疏的高地，如今卻變成東京最熱鬧的地方，反而百年前那些地勢低平的風潮據點，退居成了所謂的「下町」老城區。

時間總會如此扭轉著生命中的一些排序。曾經相信的某些東西，在還沒有獲得以前總想不停地追求，直到有一天終於到手之際，卻可能發現那已經不是當初你最在乎的事情。就像是山手線上那些新都心與舊城域，百年來被置換的繁華排序。你心底在乎的一些人，或者，你在那些人的心中的排序，大抵隨著時光的流轉也是這樣默默改變的。

我有時會想起過去在西門町附近的公司裡，共事過的那些夥伴們。

一起午餐的時光；一起八卦和抱怨討厭的上司與公事；一起在下班後吃燒肉的片段。剛離開公司不久時，每個人的身邊仍有許多重疊的人事物，於是隨時都可以找到切入的話題點。時間一久，彼此在新的生活圈裡忙碌起來，問候的機會也少了。

但我確實常常一個人走在街上，看見什麼和某個人有相關聯性的東西時，會有一種「啊，這個他看見了一定會想買」或「誰誰誰如果來了東京，我們一定要去這間店吃個痛快」的興奮情緒。一起工作時討厭的事情，在當時好像永遠停不了，如今時間篩選下來的，所幸是一些美好的記憶排序。

從高架的山手線上可以瞥見富士山的最後一條路段，今年夏天以後徹底消失了。以前，從高田馬場到目白的這一段路線，只要是天氣好的時候，往車廂窗戶的西南方望去，幸運的話便能瞥見富士山。雖然只有幾秒鐘的光景，卻是鐵道迷覺得珍重的風景。然而，今年夏天以後，那條路線蓋起的高樓恰好擋住視線，富士山風景也從山手線上正式退場了。

真正憂傷的事情並不是光景的消失。真正令人悵然的，是在許久以後，才發現你

や

很在乎的東西，那時候竟渾然不覺地每一天與它擦身而過。

山手線上的富士山消失了，可一定還有些畫面還在的。

我應該去留心那些還在的風景。唯有如此，有一天，在當時已惘然的情緒中，才能感覺到值得了的價值。

【ゆず】YUZU

同郷であり、互いの音楽志向に魅了された北川悠仁と岩沢厚治によって、1996年「Light's」として結成し活動をスタートさせる。その後「ゆず」と改名――1998年ミニ・アルバム『ゆずマン』でメジャー・デビューを果たした。

――ヤフーミュージック

青春歲月。

年華似水，那些我們聽歌的每一個當下，無論再怎麼珍惜的，也終將跟著旋律流轉著，在時間的流裡，遠去。

↑柚子演唱會外歌迷精心的裝扮。

在我的 iPod 編輯的歌單裡，依照著點播頻率揭示著這些年來的喜好，來自日本的創作二人組柚子的歌曲，始終占了最大宗。

柚子是在一九九七年出道的。我大約是在九八年至九九年期間，一個偶然的機會下買起他們的 CD。當時的我對於日文還一竅不通，但即使語言有隔閡，卻仍被他們歌曲裡洋溢的青春氣息，以及嗓音中擴散的豪放不羈給吸引了。

然後，從閱讀村上春樹、吉本芭娜娜的小說開始，念英文系而從事中文創作出版的我，忽然間轉而對日本文化與現代文學滋生濃郁的興趣。很快的，我有能力解讀柚子歌詞裡的意境，不只買他們的專輯，也搜刮所有關於他們報導的進口雜誌。認識了更多背景和歌曲以後，我忽然覺得過去聽的華語歌，像是一杯零卡可樂——雖然也有可樂的甜味，但口感上就是不對。

由北川悠仁和岩澤厚治兩個人所組成的柚子二人組，十多年前只是熱愛隨興演唱的高校生。每個夜晚，他們拿著空心吉他與口琴，遊蕩在家鄉橫濱的街頭，唱著自己譜寫的歌。

歌詞以略帶點詩意的文句，傳達出生活的態度；旋律則是帶著質樸風味的民謠

や

感。因為嗓音是豪放而不修邊幅的（說穿了是不太完美，而且激昂起來也常會破音），因此雖然說是民謠，但其實是帶著日式輕搖滾的風格，而非台灣人印象中的抒情民歌。

柚子風味的精神，主動點擊了我的心聲。我喜歡他們經常處理的主題：青春、夏天與生活物件。在一股酸酸甜甜的憂愁與灑脫之間，讓我從中發掘到「生活難免如此，那還不如好好度過」的豁達。

因為柚子成名的關係，十年來，在日本各個車站附近，每當夜幕低垂時，總能看見以兩或三人為一組的走唱團體，抱著吉他演唱著自己創作的作品。

我一向對於即使沒有大鳴大放卻依舊樂在其中的創作者，有著深深的崇敬。每次在日本街頭看見街頭表演的年輕人，我常忍不住駐足。買一杯咖啡，挑一組符合自己口味的團體，站在他們不遠處靜靜聆聽起來。

也許是東京的新宿、池袋或品川，甚至是北海道的札幌或函館，我恆常能從這些青春孩子的歌聲與創作裡，被那一股對於夢想的追求與實踐給感動。縱使，他們的作品相當青澀，可是我偶爾仍願意購買他們的自製CD，以資鼓勵。

那年秋天的某一天，我晃蕩到橫濱時，猛然想起曾經在雜誌上讀過，柚子尚未出道前，曾固定在某一間打烊的百貨公司騎樓下演唱。

前兩年除夕夜，他們上「紅白歌合戰」節目時，還特地回到當年的現場做戶外連線演出。於是決定，以朝聖的心，一探究竟。

可是，手邊完全沒有攜帶到資料哪，確切位置到底在哪裡，我毫無頭緒，只能憑印象了。

他們有一首單曲歌名叫做〈櫻木町〉，我首先到了這個地方，卻覺得這裡太過新潮，不像是走唱團體會聚集的地方。橫濱還有哪些熱鬧的地方呢？中華街附近嗎？還是關內站？我抱著賭一賭的心態，先搭電車到了關內站。接下來，我開始在車站裡的地圖上尋找百貨公司的標示。終於，在我看到關內站附近的伊勢佐木町有一間「松坂屋」百貨時，對這三個字有了印象。

果然，抵達松坂屋，就看見大門牆壁上懸掛著「柚子」的招牌。

原來，這裡已經成為橫濱的地標之一。

看板是二〇〇三年製造的，上面有柚子的簽名和一張當年在此唱歌的照片。上面

や

寫著：「柚子在伊勢佐木町開始，振翅高飛。」

百貨公司的頂樓上，還有一個露天高台可以提供小型歌友會的舉辦，也矗立著柚子的畫像看板。

那一天，在昏暮的夕陽下，我一個人站在頂樓眺望看板與橫濱街市。秋風微涼，我卻感覺溫暖；其實是靜謐至極的場域，竟彷佛聽見了激昂的歌聲。

迄今，我的 iPod 裡不時就會播放起柚子的歌曲。

全然沒什麼邏輯性可言的，在聽柚子的歌時，我常會想起熱愛爵士樂的村上春樹在《海邊的卡夫卡》裡寫著的：「無論如何還是需要音樂。」

可是，對於音樂的形容，我最喜歡的一句話，竟是擺明了不愛聽音樂的張愛玲說過的：「水一般地流著，將人生緊緊把握貼戀著的一切，都流了去了。」

難道不是嗎？年華似水，那些我們聽歌的每一個當下，無論再怎麼珍惜的，也終將跟著旋律流轉著，在時間的流裡，遠去。

所幸只要願意，音樂仍像一台輕盈的時光機。

就如同當我每一回聽起柚子的歌曲時，轉瞬之間，便能從中獲得魔力。那些嘴裡哼著的青春歲月，即便是五音不全的，也是動聽的歌曲。

（注：橫濱松坂屋已於二〇〇八年十月二十六日歇業，結束一百四十四年的歷史。）

や

ろっぽんぎ【六本木】

東京都港区中央部の地名。外国公館が多い。第二次大戦後、繁華街として発展。

——大辞林

典範 一座完美的城市。

而這城市沒有忘記，創意，最終仍必須回歸於人性。

↑六本木裡悠閒的野餐空間。

看一座城市到底有沒有進步以及是否具備國際觀，從來就不是只看出現了多少件新的建設而已。城市要進步，建設本來就是必需的，問題在於新出現的建築物，究竟只是把一座房子蓋完了就罷，還是融入了新的創意，並且與「人」產生緊密的互動性。

二〇〇七年三月底在東京六本木開幕的東京 Midtown（Tokyo Midtown），是近年來公認的都市更新之最佳典範。

如同 Midtown 中城之名，東京 Midtown 成功打造了一座城中之城，不僅僅把一座城市該有的生活機能一網打盡，更展現出一種日本人最在乎的「提案」精神。生活可以怎麼過得更有質感？工作環境能不能更舒適且自在？購物美學與人文藝術如何完美的結合？以及，綠地空間該怎麼讓市民不只走進來休憩，還可以從這裡帶走新鮮的啟發？這些在東京 Midtown 裡全辦到了，不得不令人刮目相看。

六本木東京 Midtown 的所在地是日本防衛廳的舊址，占地約十萬平方米。過去的六本木，在東京人的印象中，就像是小說家山田詠美在早期小說裡常提到的故事背景。彷彿總是夜夜笙歌，聚集著讓外國人流連往返的高級酒吧，以及隨之而生的特種行業。因為六本木區域原是軍事設施之地，二次大戰以後美軍留守，外國使館林立，逐漸開設起以洋人為服務對象的餐飲業。在山田詠美的小說裡，對那些總愛和西方人交際的日本女人來說，六本木就是聖地。

隨著六本木的龍蛇雜處，治安亦日漸惡化，想當然耳這裡始終都跟藝術與文化扯不上關係。直到二〇〇三年，都市更新案六本木之丘（Roppongi Hills）落成以後，才慢慢改變六本木的形象。

事實上在東京 Midtown 之前，六本木之丘建設案便已成功展現了結合購物觀光、商務辦公、生活住宅以及藝術文化的複合式城市樣貌，一躍成為東京新地標。而東京 Midtown 的出現，則是更上一層樓，讓人驚艷到所謂的指標，原來很快就能被超越。東京 Midtown 青出於藍，成為更棒的都市再開發之經典案例。

打造東京 Midtown 的三井不動產，很清楚該如何擄獲鎂光燈焦點。他們師法銀座與表參道延聘知名建築師打造店鋪的手法，集合了時下最火熱的建築師，組成東京 Midtown 設計團隊。因為，這些設計師的作品本身，就是最佳的廣告宣傳。所以流行的商城自此有了多元化的解讀角度，吸引了跨媒體與跨類型的多種報導。

整個東京 Midtown 共耗資日幣四千億圓，由五棟中樓層的建築，守護著中央一棟五十四層樓高的大樓，再加上公共綠地和 21_21 Design Sight 美術館而組成。如同六本木之丘，東京 Midtown 也集合了購物中心、飯店、商務辦公大樓、美術館和公園，儼然就是一抹城市的縮影。

建築總指揮由舊金山 SOM 建築事務所擔任。共同參與建築設計的知名建築師還有歷史悠久的日本阪倉事務所；設計石材博物館的隈研吾；設計表參道 LV 大樓的青木淳；以及廣為國人熟知的表參道之丘設計師安藤忠雄。每一棟建築在相輔相成之中，又各自展現了設計大師的風格。

走在美麗的東京 Midtown 建築群之中，即使你並非在此工作也不是投宿於此，甚至不喜歡購物，那也沒有關係，因為在這裡即使是「看房子」都是一種視覺享受。

大大提升東京 Midtown 文化水準的，應當要歸功於幾座美術館的進駐。其中最重要的首推由安藤忠雄操刀設計的 21_21 Design Sight。

21_21 Design Sight 是由三宅一生基金會所成立的美術館，由服裝設計師三宅一生、商品設計師佐藤卓，與無印良品商品設計顧問深澤直人共同擔當指導，定期規劃出前衛但又不脫離日常生活的設計展。設計展亦會舉辦座談會或體驗活動，讓民眾明白所謂的藝術絕不是那麼的曲高和寡。

此外，SUNTORY 美術館也在此設立展場，主要以繪畫、陶瓷、漆工為展覽主軸。以膠卷起家的富士 FUJIFILM，則在東京 Midtown 成立 FUJIFILM 廣場，定期舉辦以攝影作品為主的寫真展。不只專業的攝影師能夠在此展出，業餘攝影師的作品也經常是展覽對象。

這幾座美術館的名氣都很大，以至於還有一間展場經常會被人忽略，那就是 Tokyo Midtown Design Hub（東京 Midtown 設計中心）。Tokyo Midtown Design Hub 是由日本產業設計振興會、美術印刷設計師協會、九州大學、海外設計研究教育機構所共同經營的，定期會舉辦與廣告設計相關的企劃活動，雖然空間不大，但是每次的展出都頗具新意，喜歡 21_21 Design Sight 的人也不該錯過。

在東京 Midtown 主建築群與 21_21 Design Sight 之間，有一片非常廣大也十分奢侈的都市綠地。走進這一大片庭園，很能讓人釋放緊張的生活步調。

這片綠地設有慢跑步道跟草坪廣場。東京 Midtown 相當懂得善用這片草坪，常會在這個戶外空間裡與各種企業合作，企劃出許多有趣的戶外活動。比如，經常會在假日和地方有機農產業合作，販售東京都以外所培育出來的健康食品。又或者有時候會在草坪上架起舞台來進行一場吉他演唱、爵士樂演奏和扯鈴表演。

我曾經遇過一座非常有創意的草地圖書館。向工作人員領取一份竹籃，竹籃裡擺放著幾本與你有緣的書，然後，取出竹籃裡的地墊，就這麼在草地上躺著也好臥著也好，讀幾行文字，在陽光當好的優雅午後，慵懶地想幾段往事。

東京 Midtown 與六本木之丘遙遙相對，同時又和建築師黑川紀章所設計的東京國立新美術館一氣呵成，串起一條時尚、商業與文化產業的閃亮新鏈帶。

東京，即使早已躋身進國際大城市之列，時至今日始終仍繼續向前進化。每一次的更新，不僅僅是為了保護固有文化及提高城市的便利性，更重要的是充滿了創意元素。而這城市沒有忘記，創意，最終仍必須回歸於人性。

Lehman Shock【リーマン・ショック】

リーマン・ショックとは、2008年9月に米国の名門投資銀行であるリーマン・ブラザーズが破綻したことを、これが世界的な金融危機の引き金となったことに照らして呼ぶ表現。

——ウィキペディア百科事典

不景氣列車。

在這個不景氣的東京大城裡，千百列電車班次表上，某一節不起眼的車廂中，一個我再也不會重逢的陌生人，向我吐露了他的心事。

↑不景氣讓許多連鎖大店接連倒閉。

那天下午一進車站，就看見大廳螢幕上顯示著我要搭乘的電車，遇上了有人跳軌自殺的「人身事故」事件，列車暫停營運。好不容易等到電車再度營運，車一來，我一進車廂時，便看見了四個金髮碧眼的的摩門教徒。就是那種在台北街頭也經常會看到，騎著單車四處傳教的大男生。在東京電車出現洋人一點也不稀奇，不過，像是這樣四個相貌帥氣身材高眺的男孩，穿著整齊劃一的傳教士服裝，倒是很成為電車裡的焦點。

我靠著車門邊站著，離其中一個傳教士的距離很近。所謂傳教士，就是必須主動和陌生人交談傳達教義的，這是他們的使命也是工作。所以我始終有股預感，那個離我很近的男孩，會開口跟我說話。結果，不到三分鐘，他果然開口了。

「不好意思，請問下一站是停靠哪一站？」滿流利的日文。

「赤羽。」我也以日文回答他。

接著他說，他是第一次搭這條線路，要去池袋，所以不清楚途中會停靠哪幾站。然後話題一轉，他提到了剛剛發生的人身事故。

「常常遇到嗎？」

「不一定，看天氣。」我回答。

他笑起來的同時，電車停靠到站。車門開啟，上下車的人隔開了我們。

確實是看天氣的。在不景氣的這個年代裡，我觀察過，只要是遇到星期一，而且天氣愈是陰霾，那一天，東京跳軌自殺的人就愈多。

最近做了一項調查，光是二〇〇九年一月份，日本自殺的人口共有二千六百四十五人。其中以生活壓力最大的東京為首，其次是大阪和埼玉。

美國的雷曼（Lehman）破產事件，讓全世界從二〇〇八年起，陷入了前所未有的世界金融風暴。經濟環境的惡化，影響日本，導致自殺人數急遽上升。

三月，恰逢日本企業報稅的決算期，因為理財不善或者經營困難而選擇自殺的人也比平常更多。從前警察廳向媒體報告自殺者人數是以年為單位的，現在不得不改成月為單位，希望能提醒各界協同自殺防範機構一起減低這個數據。

傳教士問我住在哪裡，學生還是上班族？於是我才告訴他，其實我不是日本人，是台灣人。他有點驚訝，然後臉上忽然閃過一抹同是天涯淪落人的表情。

「日幣匯率很高啊，現在，外國人在東京很辛苦。」他的語言換成了英文。

日幣直線升高並且久久不落，也是導致日本不景氣的原因之一。

對一般老百姓可能還好，特別是出國旅遊，這半年來簡直是半買半送的。日幣高，可以兌換的外幣就變多了。到台北玩四天三夜的旅行團，包吃包住，只要台幣一萬元。我有日本朋友說，他們去韓國玩，滿街都是日本人。一時不察，還以為自己沒出國。

日幣高，讓進口到日本國內的舶來品變得便宜。賣場裡於是開始出現「円高還元」的廣告標語，意思就是要把進口產品調降售價，將匯差賺到的錢，回饋給消費者。

聽起來日幣升值似乎還不錯嘛，對一般民眾而言。然而，這只是假象而已。因為日幣高，對仰賴出口的日本整體經濟來說，是相當沉重的負荷。那些以出口為主的廠商個個慘不忍睹。輸出到國外的電器和汽車，因為匯率轉換的關係，價格變貴，於是，大家都買不起日本貨了。而匯差也讓賺進來的外幣，一換成日幣就憑空消失。於是，大企業又要裁掉多少員工的新聞，屢見不鮮。

上學期在校園裡常見到韓國人，到了下學期忽然少見了。原來是日幣升值，韓幣

ら

又貶值得厲害，據說很多韓國留學生不得不打道回府。

本來在冬天人滿為患的日本滑雪勝地，今年的觀光客也變得門可羅雀。因為來日本太貴了，大家精打細算以後，決定留在自己的國家吃吃冰就算了。

景氣太差，不僅改變了在日外國人的生存之道，也影響日本人的生活習慣。如何開源節流，變成一門顯學。

特別是有家室的人。然而，天下父母心，再怎麼省錢，花在小孩身上的錢還是不會省的。以幼稚園學童來說，媽媽做一個小朋友的午餐便當所花的食材費用，平均是日幣一百九十二圓。這價錢跟兩年前是一模一樣的。也就是說景氣不好，小孩的伙食費並沒有減少。因為削減的，是爸爸的便當錢。

從前中午都吃外食的爸爸們，為了節約，開始仿效日本粉領上班族帶起便當來。自己帶便當的人數激增以後，形成了一個新的辦公室文化。那就是當你不再外食以後，應該窩在自己的位子上埋頭吃便當嗎？或者在辦公室裡跟誰一起吃便當，又不想跟誰一起吃，變成最近日本職場裡熱中的話題。

金融風暴中仍屹立不搖的日本產業也是存在的。比如風俗情色業。經濟危機全然沒有影響到 AV 市場，產值仍維持每年台幣三百億。

因為「送行者」榮獲奧斯卡外語片而受到年輕人注目的葬儀業，也是其中之一。原來乏人問津的禮儀師職業，突然間變得熱門。禮儀師的起薪每個月約台幣六萬元，收入穩定，而且，不太容易被裁員。畢竟，景氣愈不好，死的人愈多，生意也就愈好。

那天下午，跟我在同一節車廂裡的傳教士，在列車即將抵達池袋之前，忽然跟我說：「我明天就要回美國了。」然後指了指他身旁很大的一個行李。那是他的折疊腳踏車。

「回美國以後，暫時不傳教了。」他說：「我二十一歲了還沒念大學。念書，學校不知道在哪裡；找工作，景氣不好也難找。明天過後，只能待在家裡，該做什麼，一切都還不知道呢！」

超然的傳教士的身體裡，住著還是一個紅塵裡懵懂的大男孩。

終於，池袋站到了，美國男孩好像才回神似的忽然想到他忘了什麼。

「以後如果在街上看到像是我們這樣的傳教士，生命中有什麼困惑的事情，請不要客氣，把我們攔下來發問！」

我笑了起來。原來，他忘了向我傳教。

就在這個不景氣的東京大城裡，每一天，千百列電車班次表上，某一節不起眼的車廂中，一個我再也不會重逢的陌生人，向我吐露了他的心事。

這樣短暫的交會，反而有了安全感。

誰也不會介入誰的生命周圍，向時間的河，拋出的徬徨和無奈，在你轉身之後，便不再會看見它們在水面上漣漪開來。

然而，水波激濺起的回聲仍然是聽得見的。那聲音將會告訴美國男孩，你口中「一切都還不知道」的事情，其實在心底，一直都有著答案。

わたくし【私】

［代］一人称の人代名詞。多く、目上の人に対する時や、やや改まった場合に用いる。男女ともに使う。

——大辞泉

跋：上手的貓。

所謂對一座城市上手，其實是對於自己上手了起來。自己找到了恰當的步伐，拿手地、自在地走在想要走的道路上。

↑巴士上熟睡的我（攝影：イーリン）。

日文裡的「上手」（じょうず）在字面上看來，約莫和中文是相近的。對於某件原本陌生的事物漸漸熟悉、拿手，進而得以掌握。

相對於「上手」的辭彙是「下手」（へた），意思自然指的就是笨拙而不拿手了。無論日文能力再怎麼進步，我永遠覺得自己不會的更多。不過，比起過往而言，毋需透過仲介而能夠獲得第一手的資訊，確實對日本的了解也更深了。

然而，即使如此，真正對一個環境「上手」起來，其實比語言更重要的，是能否保持一種雷達全開、高度的好奇，與謙遜的心。否則，就算外語能力再好，對於你所身處的周遭，恐怕永遠也是「下手」的。不管生活在哪一座城市，你很快就會厭煩那裡，感覺到生活的無聊。

當我書寫著這三十多篇的散文時，我觀察的不僅僅是東京的一切，其實也同時在探勘自己。我讓自己走進這座城市，也讓這座城市與我的回憶相遇。東京讓我擁有了一些沒有想過的未來和可能性，也使我把過去看得更加鮮明。

因此，當我們說自己對一座城市上手了的時候，或許，其實是對於自己上手了起來。自己找到了恰當的步伐，拿手地、自在地走在想要走的道路上。

那麼，我算是個對於自己上手起來的人了嗎？

我忽然想起，日文裡有個關於上手的諺語叫做「上手の猫が爪を隠れる」（上手的貓咪會藏好爪子），意思是真正有能力的人，會懂得藏拙，不會四處炫耀自己有多麼厲害。

至於我，當然還不是那隻上手的貓。永遠覺得自己的內在還不夠，還得學習更多的我，恐怕連爪子都還沒長齊呢。

因為這麼以為著，所以，我仍保有著旺盛的好奇。對自己；對我生活的城市；對我喜歡的人，我還想知道更多、更多。

東京．秋葉原夕日
二〇一〇年五月